grafit

© 1995 by GRAFIT Verlag GmbH
Chemnitzer Str. 31, D-44139 Dortmund
E-Mail: Grafit-Verlag@t-online.de
Internet: http://www.grafit.de
Alle Rechte vorbehalten.
Umschlagzeichnung: Peter Bucker
Druck und Bindearbeiten: Fuldaer Verlagsanstalt
ISBN 3-89425-054-2
6. / 01

Andreas Izquierdo

Der Saumord

Kriminalroman

Der Autor

Andreas Izquierdo wurde am 9.8.1968 in Euskirchen geboren. Aufgewachsen ist er in Iversheim, zur Schule gegangen in Bad Münstereifel. Nach dem Abitur sammelte er erste Erfahrungen im Medienrummel – bei Zeitungen und Rundfunk –, die durch einen Preis bei einem bundesweiten Wettbewerb für Nachwuchsjournalisten gekrönt wurden.

Der Saumord ist sein erster Roman. Weitere sollen folgen.

Danksagung

Ich danke allen, die mittelbar und unmittelbar an der Entstehung dieses Romans beteiligt waren. Kirsten für Zuspruch und unermüdliches Korrekturlesen, Eva und Stefan für juristischen – Stefan und Andreas für literarischen Fachverstand. Weiterhin ein Dankeschön an Georg für erste Einblicke in medizinisch-pharmazeutische Zusammenhänge, Paul für möglichst korrektes Platt und Pilar für die finanzielle Unterstützung. Last but not least der Pressestelle der Kölner Polizei für so manchen kleinen Tip.

Der Dialekt

Auweia! Ich gebe zu, daß ich ein schlechtes Gewissen habe, wenn ich daran denke, was ich dem Leser bei den Dialektpassagen zumute. Selbst diejenigen, die des Eiflerischen mächtig sind, werden sich erst einmal an das geschriebene Platt gewöhnen müssen.

Apropos des Eiflerischen mächtig sein: Eigentlich gibt es das Eiflerisch nicht! Unglücklicherweise hat man sich in der Eifel nie auf ein allgemeingültiges Plattdeutsch geeinigt. Viele Dörfer oder Städtchen färben den Dialekt ein, was zur Folge hat, daß es ein typisch Mutscheider oder Gemünder oder Münstereifler Platt gibt.

Ein gutes Beispiel ist das schöne Wort Kartoffel. Mit Sicherheit kann ich behaupten, daß Kartoffeln im Eiflerischen bis Bad Münstereifel »Erpele« heißen. Von da ab wage ich kaum einen Strich zu ziehen, wo aus »Erpele« »Jrumpere« oder auch »Jrompere« werden. Um die Verwirrung komplett zu machen, gibt es auch noch »Äädäppel« – irgendwo.

Und alles ist Eiflerisch.

Was ich damit eigentlich sagen will, ist, daß die Dialekt-Passagen im Gebiet zwischen Euskirchen und Bad Münstereifel gesprochen werden – mehr oder minder. Wenn Sie also Passagen entdecken, die Sie ganz anders gesprochen hätten, mögen Sie mir verzeihen. Ich mußte mich schließlich entscheiden.

Noch eines möchte ich loswerden: Eiflerisch ist keine Kölsche Mundart, die »sisch dä Eefel-Buur dörsch dä Zäng jetrocke hätt.« Ein Vorurteil, was von den Kölschen offensichtlich mit Inbrunst gepflegt wird. Aber wer die Kölschen kennt, weiß auch, daß sie noch größere »Schwaadlappe« sind als die Eifler ...

Für Helene

Der Weg ist nah, aber die Menschen suchen ihn in der Ferne. Er liegt in leichten Dingen begriffen, aber die Menschen suchen ihn in schwierigen Dingen.
   Henry Miller

Natürlich ist das ein Roman, und wie so üblich ist so ziemlich alles erfunden, was darin vorkommt. Vor allem die Ortschaften Sittscheidt und Dörresheim. Allerdings würde ich lügen, wenn ich bestreiten würde, daß die eine oder andere Sache nicht doch von der Realität abgekupfert wäre.

Die fette Elsa

An dem Tag, als die fette Elsa aufgeschlitzt wurde, stand Jupp auf der Wiese von Bauer Bergmann und fotografierte Belinda. Es war ein verdammt kalter Februarmorgen, zehn Uhr in der Früh, und Jupp hatte besonders schlechte Laune. Nicht nur, weil er wegen Belinda so zeitig hatte aufstehen müssen, er fror auch erbärmlich. Jetzt stand Bauer Bergmann vor ihm, hielt Belinda an der Leine, die nur wenig Lust hatte, geknipst zu werden. Sie ruckte und zurrte und wollte partout nicht mit Bauer Bergmann in die Kamera lächeln.

»Ich finde, wir sollten Belindas Hintern saubermachen«, rief Bauer Bergmann Jupp zu.

»Glauben Sie mir, ich bin wirklich nur an Belindas Kopf interessiert. Keinen Leser interessiert der Hintern Ihrer Super-Kuh.«

»Es würde aber keinen guten Eindruck machen, wenn man Belindas Hintern auf dem Foto sieht! Er ist etwas ... äh ... na, Sie wissen schon ...«

»Wenn es Sie beruhigt, komme ich etwas näher ran.«

Jupp spähte durch den Sucher seiner Canon und visierte Belindas Kopf an. »Ähem, Herr Bergmann? Halten Sie Belindas Kopf mal fest ... nein, nein, nicht so ... Sie erwürgen das Tier ja!«

»Ach so?! Und wie bitte soll ich den Kopf festhalten?«

»Nur die Ruhe, Sie machen das wirklich vorbildlich. Und wenn Sie mir jetzt Ihr freundlichstes Lächeln schenken, dann wird uns der Tierschutzverein vielleicht nicht wegen Tierquälerei anzeigen, weil's so aussieht, als würden Sie Belinda das Genick brechen wollen.«

»So etwas könnte ich ihr nie ...«

Jupp sah ihn flehend an. »Herr Bergmann, bitte!«

Es gab Tage, an denen sich die Arbeit eines Kleinstadt-Journalisten ins Absurde kehren konnte. Tage, die wie dieser hier anfingen. Jupp guckte durch den Sucher: Bauer Bergmann klammerte mit beiden Armen Belindas Hals und stemmte ihn in Richtung Kamera. Sein Kopf war von der Anstrengung gefährlich rot geworden. Er lehnte mit seinem ganzen Gewicht an Belinda und probierte ein Lächeln, das nicht annähernd so vergnügt wirkte wie das Lächeln Jupps, der allmählich Gefallen an der Darbietung fand.

»Belindas Zunge hängt raus!« rief Jupp fröhlich.

Bauer Bergmann löste den rechten Arm aus der Umklammerung und tastete nach Belindas Maul, während Jupp einen Schritt vorrückte, um den Moment abzupassen, wo die Zunge des Viechs da war, wo sie hingehörte, und Bergmann lächelte. Belindas Zunge verschwand endlich in ihrem Rachen. Statt dessen waren für einen kurzen Moment ihre Zähne zu sehen, die sich mit einem kräftigen Biß in Bauer Bergmanns Hand vergruben. Bergmann schrie auf und ließ die Kuh los. Viel zu spät dachte Jupp daran, sich vor dem wütenden Vieh in Sicherheit zu bringen, als Belinda ihn auch schon mit stumpfen Hörnern und gesenktem Kopf erfaßte und durch die Luft schleuderte.

Er landete hart, aber nicht schmerzhaft und hob nach einer ganzen Weile, während der er überlegte, wie er die Kuh möglichst langsam töten könnte, den Kopf. Belinda graste friedlich in gut zehn Metern Entfernung, und Bergmann streichelte zärtlich ihren Kopf.

»Hoffentlich hat sie sich nicht verletzt!« rief Jupp genervt und versuchte sich aufzurappeln.

»Nein, nein, nichts passiert«, antwortete Bergmann hörbar beruhigt und half Jupp hoch.

»Ganz schön temperamentvoll, meine kleine Belinda, nicht wahr?« fragte Bergmann, nicht ohne eine Portion Stolz.

Jupp murmelte etwas, von dem Bergmann nur das Wort Zwangsschlachtung verstand.

»Wo ist die Kamera?« fragte er Bauer Bergmann.

»Irgendwo darüber geflogen«, antwortete Bergmann und deutete mit dem Finger nach Westen.

Sie fanden die Kamera, zur Hälfte eingesunken, in einem von Belindas frischen Kuhfladen.

»Mann, Sie haben vielleicht Glück. Der Boden ist hart gefroren. Das hätte die bestimmt nicht überlebt«, staunte Bergmann. »Ich habe warmes Wasser im Stall. Geben Se mal her, ich mach's wieder sauber.«

Jupp grabschte nach seiner Kamera, bevor Bergmann sie aufheben konnte. »Danke«, sagte er ruhig, »aber das mache ich besser selbst.«

Bergmann zuckte mit den Achseln. Sie gingen zurück zum Stall, und Jupp säuberte seine Kamera vorsichtig.

»Was issen jetzt mit'm Bild?« fragte Bergmann.

Jupp seufzte. »Nur die Ruhe. Wir machen eins.«

Der zweite Versuch glückte. Jupp hatte sein Foto. In der guten Stube nahm er noch Belindas Personalien auf, um sie mit den obligatorischen paar Zeilen gebührend würdigen zu können. Bauer Bergmann erzählte voller Stolz, daß sie nicht nur den Milchkuh-Wettbewerb haushoch gewonnen, sondern auch einen neuen Rekord in der jährlichen Milchabgabe aufgestellt hatte.

»Ich finde, Belinda ist ganz schön groß für eine Kuh«, sagte Jupp.

Bauer Bergmann lachte. »Das kann ich mir denken, Herr Schmitz, aber bei uns auf dem Land wächst und gedeiht eben alles besonders gut!«

Auf dem Weg zurück zu seinem Wagen spürte Jupp einen pulsierenden Schmerz im Hintern. Mit Schrecken dachte er darüber nach, daß er eine vorwiegend sitzende Tätigkeit zu seinem Beruf gemacht hatte.

»Ah, Tag, Herr Schmitz«, begrüßte ihn Herbert Zank, Redaktionsleiter des *Dörresheimer Wochenblatts*, überschwenglich, »das ist aber nett, daß Sie mal vorbeischauen!«

Jupp kannte diesen Ton. Sein Chef hatte schlechte Laune. Ziemlich schlechte sogar.

»Ich war auf einem Termin!« antwortete er.

»Der war um zehn Uhr – jetzt ist es zwölf! Wollen Sie mir erzählen, daß Sie zwei Stunden für ein Foto brauchen?«

»Ja.«

Zanks Augen verengten sich. Jupp konnte eine Ader an Zanks Schläfe erkennen. Das war ein gutes Zeichen. Er liebte es, wenn Zanks Schläfen pochten.

»Eines Tages, Schmitz«, drohte der Chefschreiber, »eines Tages machen Sie einen Fehler, und dann ...« – er hob feierlich einen Finger zur Decke – »... und dann bin ich Sie endlich los!« Er lachte triumphierend. »Ich kann's kaum noch erwarten, morgens zum Dienst zu kommen, und kein Schmitz mehr weit und breit!« Zank schaute Schmitz durchdringend an. »Ich kriege Sie.«

»Ja, Chef.«

Zank stöhnte, es war zwecklos. Er ging zurück in sein Büro, kehrte jedoch gleich wieder um und steckte seinen Kopf noch einmal durch die Tür zur Redaktion.

»Schmitz«, rief er laut durch den Raum, »während Sie offensichtlich ein kleines Tête-à-tête mit dieser Scheiß-Kuh hatten, hat sich hier tatsächlich was ereignet. In Sittscheidt ist ein Schwein massakriert worden. Dorfstraße vier, bei Bauer Lehmann. Setzen Sie sich in Bewegung!«

Sittscheidt ist ein Ort, der so versteckt in der Eifel liegt, daß sogar einige Einheimische vergessen haben, daß es ihn gibt. Jupp fuhr mit seinem schäbigen Käfer die Dorfstraße entlang. Zank hätte die genaue Adresse auch für sich behalten können, es gab nur eine Straße und auch nur drei Familien, die hier wohnten: die Lehmanns, die Nitterscheidts und die Merkhovens.

Jupp klingelte an dem Haus mit der Nummer vier. Niemand öffnete. Das Grundstück der Lehmanns war durch eine hohe Mauer eingerahmt. Rechts neben der Eingangstür war eine Einfahrt, die auf den Hof führte. Jupp konnte eine Scheune ausmachen, daneben einen Stall. Dem Gequieke nach zu schließen, war es der Schweinestall. Zwischen den beiden Gebäuden konnte Jupp durch eine geöffnete Tür auf eine Wiese blicken. Darauf standen im Halbkreis und mit dem Rücken zu ihm ein paar Figuren.

Als er schon fast bei ihnen angekommen war, hörte er eine Stimme »Su'n Sauerei« sagen. Die Stimme gehörte einem Mann mit Schnauzbart und roter Nase. Auf seinen Wangen waren feine, rote Äderchen zu sehen. Er trug Gummistiefel, eine braune Cordhose und eine dicke Stoffjacke, die er bis oben zugeknöpft hatte. Jupp schätzte, daß das Lehmann war.

Vor ihm lag Elsa. Die fette Elsa. Jupp hatte noch nie ein so fettes Schwein gesehen. Sie lag auf dem Rücken und hatte alle Viere von sich gestreckt. Den Bauch zierte ein langer Schnitt, der sich vom Hals bis zum Schwanz zog; um die Wunde herum und auf der Wiese war verkrustetes Blut, das Elsa in großen Mengen vergossen hatte. Jupp grinste verstohlen. Sie sah auf eine obszöne Art und Weise komisch aus, wie sie da lag. Der Frost hatte ein übriges getan: Die Sau war tiefgefroren.

»Tach, Schmitz, vom *Dörresheimer Wochenblatt*«, stellte Jupp sich vor, »weiß man schon, was passiert ist?«

»Die han ming Elsa erlädisch«, sagte der Mann mit dem Schnäuzer und den Gummistiefeln, »su'n Sauerei. Wenn isch dä Drecksack erwisch, dä dat jedonn hätt.«

Neben Lehmann standen ein Polizist in Grün, eine alte

Frau in Schwarz, eine andere Frau mit dickem Rock und Kopftuch, ein Mann mit einer Arzttasche und ein Jüngling von vielleicht zwanzig Jahren.

»Herr Lehmann, 'ne Ahnung, wer es gewesen sein könnte?«

Lehmann schüttelte traurig den Kopf, ohne den Blick von Elsa zu heben. »Oh, Elsa«, jammerte er, »wä hätt dir dat aanjedoon!«

»Elsa wor die Zuchtsau vunn die Lehmanns«, flüsterte der Jüngling, der sich neben Jupp geschlichen hatte, als er hörte, daß er von der Zeitung war.

»Und wer bist du?«

»Isch bin mit ming Mam rövverjekomme, als isch dä Sauerei jesenn hann.«

Er deutete auf die Frau mit Rock, ohne jedoch noch zu verraten, ob er ein Nitterscheidt oder ein Merkhoven war.

»Was gesehen?« fragte Jupp.

»Nä«, antwortete der Jüngling.

Der Mann mit dem Arztkoffer hatte sich mittlerweile über die Sau gebeugt und versuchte, mit bloßen Händen Elsas Brustkorb zu öffnen. Aber Elsa war zu festgefroren und wehrte sich standhaft gegen die fordernden Hände des Mannes.

»Vielleicht könnte mir einer der Herren mal helfen!«

Jupp und der Polizist in grüner Uniform knieten sich zu beiden Seiten neben Elsa und zogen zusammen den Brustkasten der Sau auseinander, der knackend und knirschend nachgab. Der Mann öffnete seine Tasche und zog ein Skalpell heraus. Er fummelte in Elsas Kadaver, ritzte etwas in ihr herum, schüttelte den Kopf, packte das Skalpell zurück und stand auf.

»Seltsam«, sagte er nachdenklich, »die Sau hat kein Herz mehr.«

»Wäre nicht die erste Sau, die kein Herz hat!« nörgelte Jupp laut genug, daß es der Arzt hören konnte.

»Mag sein, aber diese hier hat auch organisch gesehen keines mehr. Es wurde herausgeschnitten. Ziemlich fachmännisch, würde ich sagen.«

Jupp und der Polizist schauten den Arzt ungläubig an.

»Sie können die Sau wieder loslassen, bevor Sie sie ganz auseinanderreißen«, gestattete der Veterinär gnädig.

Jupp ließ los und wischte sich die Finger am tiefgefrorenen Gras ab. Bevor er etwas sagen konnte, mischte sich die alte Frau in Schwarz ein.

»Dat Veeh muß aanjezündt wedde«, zischte sie, »Jupp, zünd et aan!«

Jupp zuckte zusammen. Für einen Moment dachte er, die Alte wollte, daß *er* die Sau ankokelte. Aber scheinbar hieß Lehmann auch Josef.

»Bes still, Mutter«, antwortete Lehmann, »Elsa wedd net aanjesteckt!«

»Isch han dä dusendmol jesaat, dat en dem Dier der Düwel drensteck«, zischte die Alte.

»Met 'em Düwel hätt dat nix zo donn, Elsa wor ming allerbeste Sau«, erwiderte Lehmann traurig.

Die Alte stapfte wütend davon.

»Bißchen nervös, Ihre Frau Mutter«, lächelte der Polizist.

»Se es alt«, antwortete Lehmann und schaute Elsa zärtlich an.

»Doktor?« fragte Jupp, dem es langsam kalt wurde. »Ich habe zwar keine Ahnung von Schweinen, aber ich seh hier keine weiteren Blutflecken in der Umgebung. Ich glaube, nicht einmal die dümmste Sau läßt sich mitten auf dem Feld in aller Ruhe aufschlitzen, oder?«

»Scheint aber so«, antwortete der Doktor ruhig und sah Jupp scheu in die Augen. Ein gutaussehender Mann, dachte Jupp neidlos, feine Gesichtszüge, fast feminin, dunkle wache Augen, welliges Haar, perfekt geschnitten, und eine weiche, wenn auch leicht näselnde Stimme.

»Würden Sie so gut sein und die Sau einmal genauer untersuchen?« beharrte Jupp.

»Das müssen Sie schon Bauer Lehmann fragen. Der muß als Eigentümer die Obduktion bezahlen.«

Lehmann schüttelte den Kopf. »Zo düür«, murmelte er.

»Wollen Sie Anzeige erstatten?« fragte der Polizist.

»Bring nix«, antwortete Lehmann und ging.

»Das war's wohl«, sagte der Polizist, »was passiert jetzt mit dem Schwein?«

»Bauer Lehmann müßte es eigentlich zur Tierkörperbeseitigungsanstalt karren und verbrennen lassen«, erklärte der Doktor und folgte Lehmann.

Als auch der Polizist den Tatort verlassen hatte, blieb Jupp allein mit der Sau zurück. Er sah sich um. Das ganze Land um ihn herum schien eingefroren zu sein, weißer Reif bedeckte Wiesen und Bäume. Gut hundert Meter rechts von ihm verlief die Dorfstraße. Ein großer, schwarzer Mercedes stand am Straßenrand, und Jupp hatten den Eindruck, daß der Fahrer ihn ansah. Unpassend, fuhr es dem Journalisten durch den Kopf, doch bevor er weiter darüber nachdenken konnte, startete der Benz durch und verschwand zügig aus seinem Sichtfeld.

Jupp betrat die gute Stube der Lehmanns, in der Hoffnung, einen heißen Kaffee serviert zu bekommen. Der Raum war klein, die Decke so niedrig, daß Jupp das Gefühl hatte, auf allen Vieren kriechen zu müssen, um sich nicht den Kopf zu stoßen. Ein alter Kohleofen heizte die Luft des kleinen Raumes unerträglich auf. Mutter Lehmann schien das gleich zu sein. Sie hatte kein Kleidungsstück abgelegt, saß fast leblos in einem Schaukelstuhl und stierte stumm auf den Boden vor ihren Füßen. Bauer Lehmann saß mit dem Doktor auf einem Sofa, das alt und abgewetzt war und die beiden geradezu im weichen Polster verschlang. Der Arzt tuschelte etwas, stoppte aber, als Jupp den Raum betrat. Beide sahen Jupp stumm, fast feindselig an.

»Ist noch etwas?« fragte der Arzt, dessen Stimme jetzt deutlich dieses elitäre Näseln verriet, das Jupp wie einen Blinddarmdurchbruch schätzte.

»Eigentlich nicht«, antwortete Jupp, »verraten Sie mir nur noch Ihren Namen. Vielleicht rufe ich Sie wegen dieser Sache noch einmal an.«

»Ich wüßte nicht warum, aber meinen Namen können Sie selbstverständlich haben. Ich heiße Mark Banning. Meine Praxis ist in Dörresheim.«

»Danke«, sagte Jupp. Er sah sich noch einmal um. Es sah nicht so aus, als ob es noch einen Kaffee geben würde. Er bedauerte dies nicht einmal. Der Raum hatte etwas Erdrückendes an sich.

Farbenblind und kurzsichtig

Auf dem Weg zurück nach Dörresheim überlegte Jupp, wie er den skurrilen Tod der fetten Elsa in Worte fassen konnte. Er hatte so gut wie nichts in den Händen, und doch war er der Meinung, daß der Vorfall mehr wert war als eine Kurzmeldung. Also mußte die Story gestreckt werden.

Vielleicht ließ sich daraus ein ritueller Schweinemord machen. Heimliche Gestalten, religiöse Fanatiker, deren Götter Opfer verlangten. Jupp sah Kapuzenmänner um die verängstigte Elsa tanzen, in der Mitte der Hohepriester, der einen geschwungenen, langen Dolch in beiden Händen hielt und sich bedächtig Elsa näherte. Die Männer um ihn herum summten einen scheinbar melodielosen Sing-Sang, der langsam, aber stetig anschwoll.

Dann, auf dem Höhepunkt der düsteren Messe, blieben

die Kapuzenmänner stehen und drehten sich zu Elsa, ihre Hände in den Nachthimmel reckend, den Namen ihres blutrünstigen Schweine-Gottes rufend, zappelnd, ekstatisch, nicht mehr Herr ihrer Sinne. Der Hohepriester stand jetzt vor Elsa und riß mit beiden Händen den Dolch zum Todesstoß in die Höhe.

Jupp sah Elsas fragendes, kreuzdämliches Schweinegesicht vor sich, die Augen auf den Dolch gerichtet, der im Licht des Vollmondes bläulich schimmerte. Noch ein letzter, spitzer Schrei des Hohepriesters und dann ...

Jupp stockte. Letzte Nacht gab es keinen Vollmond, nicht einmal Neumond. Eine schlappe Sichel hatte gestern nacht am Himmel gestanden. Außerdem hatte Elsa keine einzelne Dolchwunde, sondern einen langen, wenn auch nicht weniger tödlichen Schlitz im Bauch. Die Kapuzenmänner hätten sie vorher auf den Rücken drehen müssen. Aber Elsa war eine ausgesprochen fette und mit Sicherheit auch verdammt kräftige Sau gewesen. Vor seinem geistigen Auge sah Jupp jetzt die ziemlich wütende Elsa, wie sie diesen Stümpern auf der Wiese hinterherjagte.

Jupp verwarf seine Rekonstruktion des Verbrechens. Er mußte sich etwas anderes ausdenken, um den Artikel zu strecken.

Herbert Zank nahm Jupp die Arbeit ab.

»Machen Sie einen Fünfzeiler draus«, befahl er herrisch.

»Aber, Chef«, protestierte Jupp, »da steckt doch 'ne große Story hinter.«

»Falls Sie die Mörder finden sollten, dürfen Sie sich noch mal melden. Und hören Sie auf, Chef zu mir zu sagen. Ich heiße Zank, capito?«

Zank dackelte zurück in sein Büro. Jupp sah ihm enttäuscht nach. Menschlich gesehen war er ein hoffnungsloser Fall, fachlich war er bisher vor keinem heißen Eisen zurückgeschreckt.

Das Telefon klingelte, und Jupp rief: »He, Chef, Telefon!«

Zank schoß aus seinem Büro, schnauzte Jupp an, daß er erstens nicht seine Sekretärin sei und daß er zweitens immer noch Zank heißen würde. Sie stritten herum, weil Jupp Lust dazu hatte und im übrigen auch nicht allzuviel zu tun war, und hörten erst damit auf, als das nervende Klingeln des Telefons ausblieb.

»Hoffentlich war's nichts Wichtiges«, meinte Jupp und schaute auf den Apparat, der wieder stumm auf seinem Schreibtisch stand.

Zank zuckte mit den Schultern und steckte seine Hände in die Hosentaschen. »Bestimmt!« sagte er, konnte sich aber ein Grinsen nicht verkneifen.

»Ja«, grinste auch Jupp, »bestimmt!«

Das Telefon klingelte erneut.

»Okay, jetzt passiert's«, bestimmte Jupp und griff nach dem Hörer. »*Dörresheimer Wochenblatt*. Schmitz.«

»Gott sei Dank! Endlich hebt einer ab. Herr Schmitz, bitte kommen Sie schnell ... ich ... etwas Schreckliches ist passiert ...«

»Jetzt beruhigen Sie sich erst einmal, Herr Bergmann! Sie sind ja völlig aufgelöst.«

»Meine Belinda«, schluchzte Bergmann, »sie hat ... sie ist ...«

»Hat das verdammte Vieh endlich jemanden ermordet?«

»Oh, nein«, jammerte Bergmann, »viel schlimmer. Sie ist ... sie ... tot!«

»Tot?«

»Ich glaube, sie hat ... sie ist ... sie hat sich umgebracht!«

»Tatsächlich«, staunte Jupp. »Was hat sie getan? Sich die Pulsadern aufgeschnitten?«

»Das ist nicht witzig!« schrie Bergmann verzweifelt. »Bitte kommen Sie! Ich geh wieder zu ihr. Oh, meine arme Belinda!«

Jupp legte auf, griff sich Notizblock und Kugelschreiber und sah Zank an.

»Plemplem!«

Bergmann wartete schon ungeduldig, als Jupp mit seinem Käfer in der Hofeinfahrt erschien. Aufgeregt ruderte der Bauer mit den Armen und winkte Jupp zu sich, noch bevor dieser seinen Wagen zum Stehen gebracht hatte.

»Wo ist sie denn?« fragte Jupp, als er schon fast bei Bergmann stand.

»Auf der Rückseite der Scheune!«

»Na, dann wollen wir mal los«, sagte Jupp, der langsam richtig neugierig auf Belinda wurde.

Was er dann sah, übertraf seine kühnsten Vorstellungen von einem Selbstmord, den eine Kuh begehen konnte. Belinda saß vor der Scheune und hatte ihren Kopf durch die Scheunenwand gesteckt. Jupp fühlte sich an Spaßfotos in Freizeitparks erinnert, bei denen man ebenfalls durch ein Loch guckte und auf dem Foto dann das eigene Gesicht und den Körper von Rambo bewundern konnte. Falls Belinda so etwas vorgehabt hatte, hatte sie dabei eine Kleinigkeit übersehen: an der Stelle, an der sie ihren Kopf durchgesteckt hatte, war vorher gar kein Loch gewesen. Unglücklicherweise.

Jupp gab sich redlich Mühe, nicht zu lachen, schließlich war die Kuh preisgekrönt, und Bergmann schien sie aufrichtig gemocht zu haben. Aber ihr Abgang war ebenfalls preisverdächtig. Jupp gackerte nun doch drauf los und brauchte fast eine Minute, um sich wieder zu beruhigen. Bergmann sah ihn wütend an.

»Was ist denn da so komisch, Sie Arsch!« fauchte er Jupp an.

»Nichts«, sagte Jupp und riß sich zusammen, »'tschuldigung. Wieso glauben Sie, daß es Selbstmord war? Ich meine, es könnte doch sein, daß Belinda die Scheune ...«

Jupp wußte nicht, wie sich dieser beinahe hysterische Lachreiz unterdrücken ließe.

»Sie wissen schon ... vielleicht hat sie diese ... wirklich scheiß große Scheune glatt übersehen. Kühe in ihrem Alter jagen ja jeder Hummel nach, nicht wahr? Die sind ja so flatterhaft, diese jungen Dinger ...«

»Ich hau Ihnen gleich in die Fresse, wenn Sie mit dem Quatsch nicht aufhören!«

»Schon gut, schon gut«, wehrte Jupp ab, »sie ist also keiner Hummel hinterher. Aber, Selbstmord?«

»Das weiß ich auch nicht!« zischte Bergmann.

»Nun, könnte es sein, daß jemand Belinda gereizt hat? Mit einem roten Tuch oder so etwas?«

Bergmann knöpfte die Ärmel seines Hemdes hoch.

»Nein, nein«, wehrte Jupp ab, »das war mein Ernst! Vielleicht hatte es wirklich jemand auf Belinda abgesehen?«

Bergmann knöpfte sein Hemd wieder herunter. »Kühe sind farbenblind, Sie Blödmann!« sagte er hart.

Doktor Mark Banning erschien auf der Wiese.

»Ich bin gleich los, als ich Ihren Anruf bekommen habe!« rief er Bergmann schon von weitem zu.

»Sehen Sie sich ruhig die Schweinerei an!« knurrte Bergmann unfreundlich.

Banning kniete neben Belinda nieder und betastete ihren Hals. Jupp hatte seine Canon gezückt, schoß ein paar Fotos. Bergmann schien Belindas Hintern doch noch sauber gemacht zu haben, was sich für das Foto sehr gut machte. Jupp wußte nicht so recht, ob er das lobend erwähnen sollte, und rückte an den Doktor heran.

»Ganz schön dickköpfig, die flotte Belinda!« flüsterte er dem Doktor zu und drückte auf den Auslöser.

»Nicht dickköpfig genug«, entgegnete der Doktor. »Glatter Genickbruch!«

»Haben Sie 'ne Erklärung?«

Banning schüttelte den Kopf. »Vielleicht eine fortgeschrittene Kurzsichtigkeit«, murmelte er dann, ohne mit der Wimper zu zucken.

»Ich finde, das sollten Sie Bergmann sagen«, sagte Jupp.

»Was sagen?« fragte Bergmann neugierig.

Banning zuckte mit den Schultern. »Ich habe keine Erklärung, Herr Bergmann!«

»So?«

Jupp fand, daß Bergmann ziemlich ironisch wurde, ohne daß er einen erkennbaren Grund gehabt hätte. Was konnte der Doktor für seine kurzsichtige Kuh?

»Vielleicht sollten wir drinnen weiter reden«, schlug der Doktor vor.

Bergmann legte seinen kräftigen Arm um die schmalen Schultern des Doktors.

»Dann mal los!« sagte er und trottete mit dem Doktor davon.

Jupp überlegte für einen Moment, ob sich eine Aufnahme in der Scheune lohnen würde, verwarf den Gedanken wieder, weil er das Blitzlicht im Auto vergessen hatte. Aber einen letzten Blick wollte er schon auf Belinda werfen.

Belindas Kopf steckte wie die Trophäe eines erfolgreichen Großwildjägers in der Scheunenwand. Jupp ruckelte leicht an dem Kopf, der ihn heute morgen noch aufgespießt hatte. Diesmal gab er haltlos nach. Ein Horn war von der Wucht des Aufpralls abgebrochen. Sonst waren keine Verletzungen erkennbar. Sollte jemand dem Ableben Belindas nachgeholfen haben, hatte er zumindestens eines: einen makaberen Humor. Und sollte Belindas Tod kein Selbstmord gewesen sein, dann gab es unzweifelhaft eine Verbindung zur fetten Elsa.

Aber wie bringt man eine Kuh dazu, ihren Kopf durch eine Scheunenwand zu rammen? Das Tier war eindeutig zu groß, um den Kopf unter den Arm zu klemmen und dann als Rammbock zu benutzen. Vielleicht hatte man sie auf einen Wagen gestellt, diesen angeschoben und dann kurz vor der Wand abrupt abgestoppt. Aber Belinda wäre dann ja wohl wesentlich höher eingeschlagen, wahrscheinlich komplett durch die verdammte Wand gekracht. Außerdem gab's auch keine Reifenabdrücke vor der Scheune, mal davon abgesehen, daß dies die dümmste Theorie war, die Jupp je aufgestellt hatte. Glücklicherweise wußte niemand davon.

Auf der anderen Seite bestand kein Grund für einen Selbstmord. Belinda hatte es wirklich gut gehabt bei Bergmann. Sie bekam mit Sicherheit das beste Futter, durfte sicher einen kuscheligen Stall ihr Zuhause nennen und hätte wahrscheinlich den besten Zuchtbullen bekommen, um die rekordverdächtige Nachkommenschaft zu sichern. Bergmann wusch ihr sogar den Hintern, was Jupp, gelinde gesagt, ein wenig eklig fand. Warum hätte sie sich umbringen sollen, das blöde Vieh? Das gab alles keinen Sinn.

Der Hof war leer, bis auf seinen Käfer, der schmutzig vor dem Bergmann-Wohnhaus stand. Jupp überlegte, was Banning Bergmann an tröstenden Worten sagen konnte, und fuhr wieder zurück nach Dörresheim. Er hatte einen Mordsappetit.

Christine

Die Möglichkeiten, in Dörresheim etwas zu essen, waren für jemanden mit Jupps Gehalt einigermaßen eingeschränkt. Da gab es eigentlich nur Pizza, Frittenbude oder Aldi. Fertigsuppen hatte er noch, Pizza war gestern, also entschied er sich für C-Wurst komplett, beschloß aber, danach doch auch beim Aldi vorbeizufahren, um ein paar Vitamintabletten zu kaufen.

Auf dem Weg zur Frittenschmiede dachte Jupp ernsthaft darüber nach, aus diesem Kaff zu ziehen. Was hielt ihn hier eigentlich, außer der Möglichkeit, über aufgeschlitzte Schweine und selbstmörderische Kühe zu berichten? Dabei sollte sein Berufsstand doch wichtigen Ereignissen hinterherjagen wie Kriegen, Naturkatastrophen und Promi-Tragödien.

Das wäre was: »Meine Damen und Herren, wir schalten jetzt rüber zu Jupp Schmitz, der sich einem Guerillatrupp angeschlossen hat und nun live zu uns spricht!« Mann, Ulrich Wickert würde ihn ausfragen, was nun Sache sei in diesem verdammten Krieg, und Jupp würde so etwas Bedeutendes von sich geben wie: »Der Krieg tobt mit unvorstellbarer Härte!« oder »Ich muß leise reden, weil ich gerade mit einem Spähtrupp auf feindlichem Gebiet herumschleiche!« oder, noch dramatischer: »Ich hoffe, ich komme hier wieder lebend raus, aus diesem Scheiß-Dschungel!« Vielleicht sollte er lieber nicht »Scheiß« sagen, doch Wickert würde in jedem Fall erwidern: »Seien Sie vorsichtig, Jupp! Sie sind unser bester Mann!« oder so etwas. Jupp würde dann noch einmal traurig in die Kamera winken: »Das war Jupp Schmitz live von einem Minenfeld für die ARD!« Und alle wichtigen Kollegen würden beteuern: »Wenn es einen Experten in Sachen XY-Konflikt gibt, dann ist es dieser Teufelskerl Jupp Schmitz!«

Jupp trat nach einer Cola-Dose. Wer interessierte sich hier schon für internationale Konflikte? Als nächstes würde sich wahrscheinlich ein Kaninchen in seinem Stall erhängen und in einem Abschiedsbrief seinem Besitzer die Schuld geben. Wickert könnte dann sagen: »Meine Damen und Herren! Wir schalten jetzt live zu Jupp Schmitz, unserem Kaninchenselbstmordexperten!«

Schöne Aussichten waren das.

»Hallo! Sie da!«

Ein roter Mercedes hatte angehalten, der Fahrer die Scheibe heruntergedreht und zu Jupp herübergerufen.

»Ja?« fragte Jupp.

»Sagen Sie, kennen Sie sich *hier* aus?«

Der Fahrer des Wagens, graumeliert mit wachen, blauen Augen, sprach mit hörbarem Kölner Akzent, bemühte sich aber um feinstes Hochdeutsch.

Mißmutig nahm Jupp die abfällige Betonung des »hier« zur Kenntnis. »Isch kumm von he!« rief er im breitesten Platt zurück. Die Frau, die neben dem Fahrer saß, kicherte.

»Oh, das ist schön!« rief der Fahrer spöttisch. »Dann können Sie uns ja den Weg zum Sportplatz beschreiben!«

»Oh, Ferienjäste! Net wohr?«

»Genau!« rief der Fahrer, grinste und deutete mit dem gestreckten Daumen nach oben, daß Jupp richtig geraten hatte.

»Dat es ävver net leesch, dä Wääsch do hin!«

»Ich werde es sicher finden!« sagte der Mann und machte eine beruhigende Geste mit der Hand.

Sicher nicht, dachte Jupp, lächelte freundlich und beschrieb ihm einen Weg in entgegengesetzter Richtung durch ein Waldstück, der für jedweden Verkehr strengstens verboten war und auf dem der Förster regelmäßig patrouillierte. Alles in allem durfte da ein gewaltiges Bußgeld zusammenkommen, wenn sie erwischt würden. Und die Chancen dazu standen nicht schlecht.

»Se wedde en janzet Stöck dürsch dä Wald fohre, ävver dat es rischtisch esu. Hauptsach, Se blieve opp demm Wääsch, sons verirre Se sisch noch.«

»Danke«, sagte der Mann, »schönen Tag noch.«

»Ja«, nickte Jupp, als er dem Mercedes mit dem Kölner Kennzeichen nachsah, »Ihnen auch.«

Dann nahm er seine Gedanken von vorhin wieder auf. Insgeheim bedauerte er die Leute, die mit ihm Abitur gemacht hatten und anschließend in der Stadt untergetaucht waren. Was fanden sie dort schon, außer einem Haufen neurotischer Wichtigtuer? Nicht, daß es hier keine gegeben hätte, sie waren bloß nicht so zahlreich. Wenn Jupp es so recht überlegte, war er so ziemlich der einzige von seiner alten Jahrgangsstufe, der in in der Eifel hängengeblieben war. Warum das so war, wußte er auch nicht, außer daß es so war, wie es war. Umstände, unabänderlich wie Geburt und Tod, bucklige Verwandschaft oder Niederlagenserien des SV Dörresheim, die einem Fußballfan wirklich das Herz brechen konnten.

»Jupp, wat krichsde?«

Jupp hatte bei seiner ganzen Grübelei nicht gemerkt, daß er schon vor Theos Frittenbude stand. Theo, die dritte Generation der Büllesfelds. Großvater Theo hatte mit seinen Fritten die Welt erobern wollen. Er startete von Dörresheim seinen Siegeszug um den Globus. Er kam bis zum Ortsschild und kehrte wieder um. Niemand erfuhr je, was ihn aufgehalten hatte.

Theos Vater, nach der Büllesfeld-Tradition zierte auch ihn, als den Erstgeborenen, der Vorname Theodor, übernahm die Bude ohne die Eroberungsgelüste seines Vaters und gab sie 41 Jahre später an seinen Erstgeborenen weiter. Seitdem führte Theo der Dritte die Bude. Jupp hatte sich immer gefragt, warum keiner der Theos versucht hatte, von den Gewinnen, die die Bude ohne Zweifel abwarf, ein richtiges Restaurant aufzubauen. Aber da waren sich die noch lebenden Büllesfelds einig: entweder eine Bude oder gar nichts. Restaurants bedeuteten Verantwortung, Verantwortung brachte zumeist Ärger ein, und Ärger machte zusätzliche Arbeit – also Bude. So einfach war das.

Theo stand hinter der Theke und schaute auf Jupp herab. Er hatte eine weiße Schürze um, die nur wenig mit der Aprilfrische aus der Werbung gemein hatte, und einen dicken Wollpulli an, aus dem am Kragen ein weißes T-Shirt lugte. Theos Gesicht war freundlich, sein Haar glatt, dicht und mit Gel aus dem Gesicht gekämmt.

»'nen Salat, vielleicht.«

»Kommt sofort.«

Theo drehte sich um, nahm Fritten aus dem Öl, schnitt eine Currywurst in Scheiben, Schaschliksauce, Mayonnaise. Wenn man ihn so sah, konnte niemand glauben, daß er einmal der gefürchtetste Fußballer der Eifel gewesen war, was er aber nicht seinen fußballerischen Qualitäten verdankt hatte. Schon in der C-Jugend hatte Theo eine beachtliche internationale Härte an den Tag gelegt. Jupp konnte die nackte Angst der gegnerischen Stürmer immer noch vor sich sehen, wenn Theo »das Eisbein« Büllesfeld auflief. Ein Spitzname, der seine Spezialität auf dem Spielfeld verriet: Im Gemenge pflegte er sein Knie solange in die Oberschenkel seines Gegners zu rammen, bis er vom Platz gestellt wurde. So spielte Theo jeweils nur ein paar Spiele pro Saison, weil er die meiste Zeit gesperrt war. Theo war bis zu dem Tag »Eisbein« gerufen worden, an dem er sich einen anderen Spitznamen einhandelte, der ihm bis heute hartnäckig anhaftet: Theo »Käues« Büllesfeld.

Theo war an diesem denkwürdigen Tag mit einem seiner vielen Feldverweise nicht einverstanden gewesen. Jedenfalls brachte ihn der Schiedsrichter dermaßen auf die Palme, daß Theo sich gezwungen sah, seinem Ärger mit einem »Huppe-Käues« Luft zu machen. Der Schlag traf den Schiedsrichter dort, wo »Huppe-Käuesse« gewöhnlich einschlagen: auf dem Schultergelenk, mit voller Wucht und – technisch einwandfrei – als Rückhand mit den Knöcheln von Theos Faust. Der Schiedsrichter beendete das Spiel (er konnte den Arm nicht mehr heben) und kurz darauf Theos Fußballkarriere. Diesmal war die Sperre, dank Theos farbiger Vergangenheit, lebenslang ausgefallen. Seine Gegner atmeten auf, »Huppe-Käues« verkürzte sich auf »Käues«, einen Titel, der bei allen Dörresheimern und den restlichen Eifel-Kickern bekannter war als der Familienname des Papstes. Dabei neigte Käues in keinster Weise zu Aggressionen. Nur Fußball war seine Sache nicht.

Käues fingerte nach einem Teller. »Einmal großer Salat«, sagte er und stellte die Currywurst mit einer besonders galanten Geste vor Jupp.

»Was ist, wenn ich wirklich mal einen Salat haben will?« fragte Jupp.

»Das letzte Mal, als ich dir einen gegeben habe, hast du gemeckert!«

»Ich habe gemeckert?«

»Nuschel ich?«

»Nein. Was habe ich denn gesagt?«

»Du hast gefragt, ob du einen Überbiß hättest. Und du hast gefragt, ob deine Ohren übermäßig lang seien. Und du hast gefragt« – dabei sah Käues verstohlen nach links und rechts – »ob ich glaube, daß dein Schwanz buschig geworden ist. Das hast du gesagt!«

»Tatsächlich?« fragte Jupp.

Beide schwiegen einen Moment.

»Und? Was gibt's Neues, Schnüffler?« erkundigte sich Käues dann.

»Nicht viel. In Sittscheidt ist eine Sau massakriert worden, und Bauer Bergmanns Kuh hat Selbstmord begangen. Sonst nichts!«

»Schon 'ne Ahnung, wer hinter dieser Serie bestialischer Anschläge steckt, Agent null null negativ?« Käues grinste und grabschte nach Jupps Mantel.

»Was?!« zischte Jupp gereizt.

»Mann, du trägst ja überhaupt keine schußsichere Weste. Ein Mann, der den Tod nicht fürchtet, gefällt mir. Du bringst uns doch nicht alle in Gefahr, wenn du dich hier so in der Öffentlichkeit zeigst?«

Jupp lächelte gequält. Käues war ein Schwachkopf, aber so wie es aussah, war er einer seiner wenigen echten Freunde.

»Macht ihr eigentlich keine Fotos von der Einweihung des neuen Dörresheimer Kindergartens?«

Jupp hörte auf zu kauen und schaute Käues entsetzt an.

»Scheiße!« schimpfte er, wobei ihm eine halbe Fritte entwischte, über die Theke flog und an Käues' Schürze hängenblieb. »Zank macht mich alle.«

Die feierliche Eröffnung des Kindergartens lief bereits auf Hochtouren, als Jupp die Vorhalle des Neubaus betrat. Bürgermeister Hildebrandt hielt gerade eine der zwei geplanten Laudationes. Der Gute war richtiggehend fett. Sein Gesicht war so rund wie ein Basketball, rot vor Anstrengung, und seine Glatze glänzte im Schein der Neonröhren wie eine polierte Billardkugel. Seine Arme stemmten sich auf das Pult, die fleischigen Finger krallten sich in das Holz. Glücklicherweise war der Rest seines Körpers vom Rednerpult verdeckt. Zwei Bäumchen, beidseitig aufgestellt, verliehen Hildebrandts Rede die nötige Feierlichkeit. So stand der Bürgermeister da und faselte etwas von außerordentlicher Großzügigkeit.

Jupp blickte durch den Raum. Rund dreißig geladene Gäste saßen vor Hildebrandt und hörten artig zu. In der ersten Reihe entdeckte er einen Hinterkopf, den er nur allzugut kannte: Herbert Zank war auch anwesend. Jupp zückte seine Kamera, schlich an einer Seite der lauschenden Gästeschar weiter nach vorne und knipste. Der Blitz schreckte einige Gäste auf, die ihn erst neugierig, dann freundlich ansahen. Selbst Bürgermeister Hildebrandt stockte für einen Moment, lugte zu Jupp herüber, rückte seine Krawatte zurecht und streckte sich. Hildebrandt war fett und unansehnlich, aber eitel. Zank hatte sich nicht umgedreht, er wußte ja, wer's war.

Neben Zank saß der Mann, dem Dörresheim seinen neuen Kindergarten zu verdanken hatte: Manfred Jungbluth, Direktor der Jungbluth-Chemie GmbH. Er war der starke Mann in Dörresheim. Kein Geschäft, kein Morgen Land, fast kein Haus, das nicht ihm gehörte oder dessen Mitbesitzer er war. Und er war überaus beliebt, ob seiner Freigiebigkeit und seines sozialen Engagements, zahlte seinen Mitarbeitern einen ordentlichen Stundenlohn, mehr als es in der Eifel irgendwo sonst in einem Betrieb üblich war, und ließ Kindergärten und Spielplätze bauen. In Dörresheim war so ziemlich jeder sein Angestellter.

Neben ihm saß eine junge Frau, die Jupp lange nicht mehr gesehen hatte – Christine Jungbluth hatte in Hannover studiert und war erst vor zwei Monaten wieder zurückgekehrt. Ihr Vater setzte größte Hoffnungen in sie. Da seine Frau vor ein paar Jahren gestorben war, und Jungbluth sonst keine Verwandten mehr hatte, war sie die Alleinerbin. Jupp kannte sie gut. Sie waren zusammen zur Schule gegangen.

Eine schöne Frau, die von Jahr zu Jahr schöner zu werden schien. Sie trug einen Hut, darunter fiel schwarzes, glänzendes Haar weich auf ihren Rücken. Die Silhouette ihres Gesichts ließ Jupp augenblicklich wieder von alten Zeiten träumen. Er war in sie verliebt gewesen, seit er denken konnte. Vielleicht war sie ja noch frei? Gut, er war damals kläglich gescheitert, als er seinen ersten und bislang einzigen Angriff gestartet hatte, aber seitdem waren ja einige Jährchen ins Land gegangen. Vielleicht würde er sie dieses Mal herumkriegen. Dann wäre er ein gemachter Mann mit einer außergewöhnlich schönen Frau. Käues könnte sein persönlicher Berater werden. Sie würden Urlaub auf den Bahamas machen – selbstverständlich ohne Käues – und im Winter in St. Moritz einen Glühwein am offenen Kamin schlürfen – beide nackt auf einem Bärenfell in einer einsamen Hütte. Sie hätten gerade eine Pause gemacht, um sich für die nicht endenwollende Nacht noch einmal zu stärken, da fingerte ihre Hand an seinem Körper entlang ...

Jupp wurde mit einem Mal wieder wach. Hildebrandt war mittlerweile fertig, alle hatten artig applaudiert, und Manfred Jungbluth ging nach vorne. Christine hatte ebenfalls applaudiert und dann ihre schlanke Hand auf die Hand des Mannes neben ihr gelegt. Jupp kannte diesen Mann – seit heute morgen. Es war Dr. Mark Banning. In Gedanken deckte Jupp den Viehdoktor mit einem langen Schwall von Flüchen ein, machte ärgerlich ein paar Fotos vom alten Jungbluth und der lauschenden Gästeschar und hoffte inbrünstig, daß der Doktor tot vom Stuhl fallen würde. Aber der Doktor fiel nicht.

Um sich abzulenken, suchte sich Jupp eine gute Ausgangsposition für das anstehende Buffet.

Die Zusammenstellung der Eßwaren entsprach voll und ganz Jupps Vorstellungen. Er war tatsächlich der erste am festlich gedeckten Tisch, der erste mit einem Teller in der Hand, der erste und einzige, der Türmchen mit

Lachsschnittchen, Roastbeef-Ecken und Kaviar-Häppchen auf seinen Teller baute, der erste, der seinen Teller leergeputzt hatte, und somit auch der erste, der sich Nachschub holte, noch bevor sein Chef Herbert Zank überhaupt in die Nähe des Tisches gekommen war. Als der sich gerade das letzte Lachsschnittchen sichern wollte, tänzelte Jupp behende mit seinem Teller dazwischen, schnappte sich die Schnitte und wäre genauso schnell wieder weg gewesen, wenn ihn Zank nicht am Ärmel hätte festhalten können.

»Haben Sie die erste Ladung weggeschmissen, oder warum stehen Sie schon wieder hier?« fragte Zank freundlich, wobei seine Schläfen gefährlich pulsierten.

Jupp schaute Zank fröhlich an. Zank liebte Lachsschnittchen, und Jupp wußte das. »Nö.«

»Ich liebe Lachsschnittchen. Vor allem liebe ich dieses Lachsschnittchen!« Zank zeigte auf Jupps Teller, wo das Corpus delicti zwischen anderen Schnittchen zu versinken drohte. »Das ist mein Lachsschnittchen. Hören Sie nicht, wie es ruft: Laß mich zu deinem Chef, Jupp! Laß mich, oder er tritt dir vor versammelter Mannschaft in den Arsch!«

Jupp sah auf seinen Teller und dann wieder zu Zank. »Sieht mir eher so aus, als würde es sich verstecken wollen!«

Zank drehte sich kurz zu einem Nachbarn, lächelte ihm nickend zu. Dann galt seine ganze Aufmerksamkeit wieder Jupp.

»Das Lachsschnittchen her, aber pronto!«

»Oh, spanisch, oder? Da will ich mal nicht so sein.«

Jupp nahm das Lachsschnittchen von seinem Teller, stoppte auf halbem Wege zu Zanks Teller. Beide standen sich frontal gegenüber und sahen sich tief in die Augen, wobei sich Zanks Augen zu drohend funkelnden Schlitzen verengten. Jupp lächelte, dann stopfte er sich das

Lachsschnittchen blitzschnell in den Mund. Bevor jedoch Zank seine Drohung wahr machen konnte, gesellten sich Christine Jungbluth und Dr. Banning zu den Dörresheimer Pressevertretern.

»Chrifftine!« rief Jupp überrascht und mit vollen Mund.

Zank hob den Teller, den er, um Jupp besser packen zu können, auf den Buffettisch gestellt hatte, wieder auf und lächelte sein freundlichstes Lächeln. »Frau Jungbluth und der Herr Doktor! Schön, daß Sie kommen konnten.«

Christine Jungbluth nickte Zank kurz zu und wandte sich an Jupp.

»Hallo, Jupp«, hauchte sie freundlich, »wie ist es dir ergangen? Was treibst du so? Geht's dir überhaupt gut?«

»Auf was soll ich zuerst antworten?« fragte Jupp.

Christine lächelte und zeigte dabei zwei Reihen perfekter Zähne. »Du bist immer noch der Alte. Komm, laß uns ein bißchen quatschen.«

Jupp drückte Zank seinen Teller in die Hand, der Christine gequält angriente. Jupp, Christine und der Doktor entfernten sich ein paar Schritte vom Buffettisch.

»Also«, fragte Christine, »was machst du so?«

»Ich bin Redakteur beim *Dörresheimer Wochenblatt*, und das da«, Jupp deutete mit dem Finger hinter sich auf Herbert Zank, der mißmutig auf einer Roastbeef-Ecke herumkaute, »ist mein Chef.«

Christine lachte kurz auf. Ein warmes, überaus sympathisches Lachen, wie Jupp fand.

»Ach, Doktor Banning. Da Sie schon mal hier sind: Haben Sie Bauer Lehmann doch noch überreden können, eine Obduktion zu bezahlen?«

Christine schaute ihren Begleiter fragend an.

»Ich glaube, ich hatte Ihnen in Sittscheidt schon gesagt, daß der Fall erledigt ist!« näselte Banning arrogant.

»Kein persönliches Interesse an dem Fall?«

»Nein«, antwortete der Arzt mit Nachdruck.
»Und Bergmanns Belinda? Da auch kein Interesse?«
»Nein!«
»Ich schon«, meinte Jupp mit dem gleichen Nachdruck.
Christine ging dazwischen. »Wie ich sehe, kennt ihr ja euch bereits. Mark ist mein Verlobter«, sagte Christine zu Jupp, »und Jupp ist ein alter Schulfreund«, zu Doktor Banning. »Ich möchte, daß ihr euch vertragt. Das wird doch möglich sein, oder?« lächelte sie, aber es klang nicht wie ein Wunsch, sondern eher nach einem Befehl.

»An mir soll's nicht liegen«, erwiderte Jupp und zuckte mit den Schultern.

»An mir auch nicht, Liebes«, näselte Mark Banning und streckte Jupp die Hand entgegen. Jupp griff sie und schüttelte sie lustlos.

Christine sah zufrieden aus. »Komm, Jupp, ich stell dich meinem Vater vor.«

Ohne Jupps Antwort abzuwarten, griff sie nach seiner Hand und blickte suchend in die Runde der hungrigen Gäste. Sie grinste breit, als sie ihren Vater gefunden hatte, winkte ihm kurz zu und zerrte Jupp in seine Richtung.

Manfred Jungbluth war ein imposanter Mann, mit gewaltigem Brustkorb und breiten Schultern. Seine Augen blickten freundlich, aber stechend. Jupp fühlte sich unwohl. Die Augen, die ihn so ungeniert musterten, machten ihn nervös. Als Jungbluth dem Journalisten die Hand drückte, dachte Jupp für einen Moment, seine Hand wäre unter einen Sechzehntonner geraten. Er unterdrückte einen Schrei und rang sich ein Lächeln ab.

»Hab schon viel von Ihnen gehört, Herr Schmitz«, donnerte der Dörresheimer Fabrikant Jupp entgegen, »ich freue mich, Sie endlich kennenzulernen.«

»Wer hat denn etwas über mich erzählt?« fragte Jupp unsicher.

»Ich«, sagte eine Stimme hinter ihm.

Herbert Zank trat vor und stand halb Jupp und halb Manfred Jungbluth zugewandt. »Manfred und ich kennen uns schon lange. Ich habe schon einmal Ihren Namen erwähnt.«

»Herbert erzählt viel Gutes von Ihnen«, donnerte Manfred Jungbluth.

»Tatsächlich?« staunte Jupp und sah Zank an. Der grinste, unverschämt, wie Jupp zu erkennen glaubte.

»Soll'n ein tüchtiger Mann sein. Falls Sie sich mal verändern wollen, geben Sie mir einen Wink. Tüchtige Männer kann man immer gebrauchen.«

»He, Manfred, jetzt spann mir nicht meinen besten Mann aus«, freute sich Zank.

»Keine Sorge, Chef«, grinste Jupp, »ich bleib noch was.«

Zank lächelte noch immer, aber seine Schläfen begannen wieder die bläulichen Wölbungen zu zeigen, die Jupp so gern sah.

»Sie kennen meine Tochter?« fragte Jungbluth und legte stolz einen Arm um Christines Schulter.

»Wir sind zusammen zur Schule gegangen.«

Jungbluth drückte seine Tochter an seine mächtige Brust: »Sie ist so schön, wie ihre Mutter es war!« Lachend fügte er an: »Und so schlau wie ihr Vater. Finden Sie nicht auch?!«

»Da haben Sie wohl recht«, antwortete Jupp zurückhaltend und beobachtete Christine, die das Kompliment mit der Professionalität einer Frau hinnahm, die tagtäglich ob ihrer Schönheit gelobt wird: sie lächelte lustlos.

»Das möchte ich meinen!« brauste Jungbluth auf. »Wir zwei haben noch viel vor, bevor sie einmal mein Erbe antritt. Nicht wahr, Tochter?«

Christine nickte mit dem Kopf: »Klar, Vater.«

Jupp wußte nicht, ob er etwas entgegnen sollte oder nicht. Jungbluth nahm ihm die Entscheidung ab, gab ihm ein zweites Mal die Hand, legte zur Bekräftigung die andere auf seine Schultern, knetete oben und quetschte unten, zwinkerte Zank noch einmal zu, was er für einen guten Mann erwischt hätte, drehte sich um und rief nach Bürgermeister Hildebrandt, der ihm mit einem Lächeln auf den Wurstlippen entgegenkam.

Christine hakte sich bei Jupp unter. »Na, was hältst du von meinem Vater?«

»Macht 'n netten Eindruck«, antwortete Jupp, der sich seine Hand rieb. Dann sah er Christine an. »So, und jetzt erzähl du mal was!« forderte er freundlich.

»Ich hab studiert in Hannover, sogar ziemlich erfolgreich. Du darfst jetzt Doktor Christine zu mir sagen«, erzählte sie.

»Promoviert«, wiederholte Jupp neugierig. »In was denn?«

»Rat mal!« erwiderte Christine und schielte zu Banning.

»Oh, Mann. Noch 'n Viechsdoktor«, sagte Jupp freundlich und grinste Banning unverschämt an, »hättest ja auch was Anständiges machen können, oder?«

Christine kicherte. »Hat mein Vater auch gesagt. Der wollte eine Betriebswirtin.«

»Du hast dich tatsächlich gegen den mächtigen Manfred durchsetzen können?«

Christine nickte selbstsicher: »Klar, eine meiner leichtesten Übungen.«

»Väter!« rief Jupp kopfschüttelnd.

Christine zuckte mit den Schultern. »Ja«, sagte sie gedehnt, »Väter.«

Banning hatte die ganze Zeit geschwiegen, ab und zu einmal genickt und sich darauf beschränkt, Jupp von oben bis unten zu mustern.

»Gib's etwas Besonderes an meinem Outfit?« fragte Jupp schließlich, als der Doktor begann, ihm auf die Nerven zu gehen.

»Nein, nein«, lächelte der Doktor, »überhaupt nichts Besonderes.«

Jupp sah den Doktor feindselig an, dann entspannten sich seine Gesichtszüge: »Abgerechnet wird immer zum Schluß, nicht wahr?«

»Wollt ihr endlich aufhören?!« rief Christine dazwischen und lenkte vom Thema ab. »Hab ich eigentlich schon erzählt, daß wir uns vergrößern wollen?«

»Du meinst eure Firma?« fragte Jupp und blickte zweifelnd auf den um einen halben Kopf kleineren Banning.

»Jupp!« schnauzte Christine nicht unfreundlich. »Langsam habe ich das Gefühl, daß du streitsüchtig bist. Ich kenne da einen prima Analytiker, der das garantiert in den Griff kriegt!«

»Was hat er denn bei dir in den Griff gekriegt?«

»Die üblichen Depressionen reicher, gelangweilter Leute, denen ihr sorgloses, dekadentes Leben auf die Nerven geht«, gestand Christine freimütig, was Jupp überaus sympathisch fand.

»Na ja, so hat jeder sein Kreuz zu tragen. Was habt ihr denn so vor mit der Firma?«

»Ich möchte neue Produkte auf den Markt bringen, alte verbessern, einmal etwas riskieren, um mehr Marktanteile zu gewinnen. Wie heißt es doch so schön: Stillstand heißt Rückschritt.«

Dann legte sie los. Die Firma war offensichtlich ihr Lieblingsthema, und Jupp vermutete, daß sie den einen oder anderen Satz aus einem Manager-Handbuch auswendig gelernt hatte. So sprach Christine noch eine Weile, Banning nickte, und Jupp versuchte zuzuhören, konnte sich aber kaum auf das konzentrieren, was sie sprach. Er versank in Christines Augen, tauchte wieder auf, um ihr Gesicht zu bewundern, bekam eine Erektion, als er eine Weile ihren Mund betrachtete, der sich pausenlos bewegte und ungehörte Worte formulierte. Dann und wann redete sie, ohne Jupp direkt anzusehen, so daß er unbemerkt ihren wohlgeformten Körper mit den Augen abtasten konnte. Die Brüste hoben sich wie aufgegangener Hefeteig unter dem Seidenhemd hervor, das sie aufreizend tief geknöpft hatte, gerade so, daß man eben nichts erkennen konnte und doch alles zu erkennen glaubte. Jupp hatte das Gefühl, eine zweite Erektion zu bekommen, stellte aber fest, daß die erste noch angehalten hatte. Das alles war zu deutlich, um es verkennen zu können: Er hatte sich verliebt.

Gefrorenes Putzwasser

Jupp fuhr verträumt zurück zur Redaktion, übersah zwei rote Ampeln, hatte aber Glück, da niemand unterwegs war, und überlegte sich, wie er den Doktor elegant ausbooten konnte. Christine war überaus freundlich gewesen. So wie noch nie eigentlich. Er sah sie vor sich: ihre Augen, ihre Brüste, ihren Mund, ihr warmes Lachen, dann noch mal ihre Brüste, die schönen Haare, ihren Po, wieder hoch zu ihren Brüsten, runter zum wohlgeformten Becken, das sich dann mit Mund und Brüsten abwechselte.

Er erinnerte sich an ihr herzloses »Hau ab!«, als er ihr sein Herz eröffnet hatte. Aber damals war sie süße siebzehn Jahre alt gewesen. Ein dummer kleiner Teenager wie er, dem das Leben noch nichts mitgegeben hatte – nicht einmal Höflichkeit. Sie hätte wirklich etwas netter sein können, damals. Genauer betrachtet, fand er ihre Reaktion im Nachhinein überaus übertrieben. Was hatte er denn gemacht? Er hatte ihr sein Innerstes auf dem Silbertablett präsentiert, und sie? Sie hatte seine zarte Seele als Fußabtreter benutzt und obendrein noch alles ihren verzogenen Freundinnen erzählt. Wie hießen die noch gleich? – Ah, ja, Iris und Martina. Wie die Kletten hatten die drei aneinander gehangen. Ständig schnatterten sie über andere Leute. Aber, was heißt schon andere Leute! Über ihn hatten sie getratscht! Auf dem Jungenklo hatten sie über der Pissrinne Schmähschriften verfaßt. Das waren eindeutig Mädchenhandschriften gewesen. Christine, Iris und Martina.

Jupp war damals der festen Überzeugung gewesen, daß die nicht nur die gleichen Klamotten trugen, das gleiche dumme Zeug tratschten, sondern sich auch das gleiche Gehirn teilten: Sie liehen es sich untereinander aus. Eine Theorie, die er allerdings niemandem so recht plausibel machen konnte. Sie hatte nur seinen gesellschaftlichen Abstieg beschleunigt, denn plötzlich hatte er nicht nur einen Narren aus sich gemacht, er galt auch noch als nachtragendes Lästermaul.

Damals hatte Jupp feststellen müssen, daß es so etwas wie eine Solidargemeinschaft unter Jungens nicht gab. Beim Fußball mußte er sich auf einmal ins Tor stellen, dabei war er von Hause aus gelernter Mittelstürmer, Torschützenkönig beim SV Dörresheim gewesen. Dreimal hintereinander. Er hatte der E–, D- und C-Jugend seinen Stempel aufgedrückt. Fast müßig zu erwähnen, daß sie die Kiste vollgekriegt hatten – mit ihm als Torwart. Sebastian Zingsheim durfte dann ins Tor – Jupp auf die Ersatzbank. Da Sebastian auch noch schielte, war Jupps Glauben an den lieben Gott zum ersten Mal nachhaltig erschüttert worden. Damit hielt er jedoch hinterm Berg im erzkatholischen Dörresheim; es hatte gereicht, daß er gesellschaftlich erledigt war, auch noch von seinen Eltern verstoßen zu werden, wäre ein bißchen viel gewesen.

Aber Christine schien endlich erwachsen geworden zu

sein. Hatte sie ihm nicht zum Abschied zugezwinkert? Wenn das kein Zeichen war! Jupps Laune besserte sich wieder. Er mußte den Doktor loswerden, dann hatte er freie Bahn.

Auf jeden Fall würde er geschickter vorgehen als damals. Er mußte ein paar Fallstricke auslegen, heimlich, als der Mann, der im Hintergrund die Fäden zieht. Banning hatte Christine nicht verdient, dieser schnöselige Städter. Christine war die einzige Orchidee auf einem Rübenacker, der sich Eifel nannte. Was konnte der ihr schon bieten? Gut, er hatte einen angesehenen Beruf, sah gut aus, hatte wahrscheinlich auch noch ein dickes Konto, einen Sportwagen, war arrogant und kultiviert. Aber er war nicht Jupp. Und das war sein Nachteil – und Jupps einziger Vorteil. Nicht allzuviel, das mußte sogar Jupp zugeben.

Vielleicht ließ sich aus der Sittscheidter Sauerei was machen. Vielleicht konnte er den Tierschutzverein anstacheln. Man müßte es so hinstellen, als sei der gute Doktor nicht sonderlich an dem Wohlergehen der Eifel-Schweine interessiert. Banning war schließlich kein Einheimischer. Schlimmer noch: er war dann ein Großstadt-Großkotz, ein unsensibler. Jupp lächelte grimmig. Diesmal würde er nicht versagen.

Herbert Zank war nicht sonderlich erfreut, als Jupp die Redaktion betrat. Er schaute ihn giftig an, sagte aber nichts, außer, daß er den Text über den Kindergarten selbst schreiben würde und daß Jupp seinen Arsch in die Dunkelkammer bewegen solle – er wolle die Fotos sehen.

Jupp erledigte seinen Job, schnell und routiniert, um Zank nicht noch weiter zu reizen. Auf dem Negativstreifen waren zwei Fotos zu sehen, von denen er gar nicht wußte, daß er sie gemacht hatte. Auf dem einen präsentierte sich eine freundlicher, blauer Himmel mit freundlichen, weißen Schäfchenwolken und einer freundlichen

Wintersonne. Unten rechts in der Ecke konnte Jupp eine Fußspitze erkennen. Das zweite zeigte in der oberen Hälfte eine interessante Detailaufnahme eines Grashalmes. Der Hintergrund hatte nur wenig Tiefenschärfe, ließ aber noch mehr Gras erkennen, auf dem winterlicher Reif schimmerte. Der untere Bildausschnitt zeigte nichts, besser gesagt: er war schwarz. Jupp fand, daß die Fotos – rein künstlerisch betrachtet – gar nicht einmal so schlecht waren, beschloß aber, keine Abzüge zu machen. Jemand könnte Fragen stellen.

»Ist das Bergmanns Belinda?« fragte Zank.

»Hm.«

Herbert Zank besah sich das Foto. »Was hängt denn da aus Belindas Maul?«

»Ihre Zunge.«

»Ich finde, Sie könnten sich ein bißchen mehr Mühe geben. Auch wenn es nur eine Kuh und ein schwachsinniger Bauer sind.«

»Hm. Hier sind noch ein paar Fotos von Belinda!«

Zank sah auf den Abzug, den Jupp ihm hinhielt, schüttelte sich und stierte mit aufgerissenen Augen auf das Foto. »Waren Sie das?« fragte er Jupp.

»Selbstmord«, erklärte Jupp ruhig.

»Selbstmord?«

»Spektakulär, nicht wahr? Ich persönlich hätte ja eine Überdosis Schlaftabletten bevorzugt, aber Belinda hat mit ihrem neuen Ruhm als Super-Kuh auch ein gewisses Showtalent entwickelt.«

Zank grinste. »Kommen Sie, Jupp, mir können Sie es doch sagen. Was haben Sie dem blöden Vieh versprochen, damit es sich umbringt? Hm? Was war es?«

»Ihren Job.«

Zanks Äderchen traten vor. »Ich sammle, Jupp«, säuselte er, konnte aber einen cholerischen Anfall kaum unterdrücken, »und jeden Tag kommt etwas dazu. Und dann, eines Tages habe ich genug, und Sie sind futschicato!«

»Oh, war das japanisch?«

»Ja. Und es heißt: Ich hau Ihnen gleich eine Axt in den Schädel!«

»Vorher möchte ich noch vorschlagen, den Artikel zu canceln. Sonst rennt Bergmann auch noch durch eine Scheunenwand.«

»Ja«, nickte Zank ärgerlich. »Wo sind die Kindergartenfotos?«

Jupp gab sie ihm.

»Wo bin ich?«

»Na, ja«, sagte Jupp und deutete auf einen Punkt, der etwa fünfzehn Zentimeter rechts neben dem Bildrand lag, »hier etwa, so ungefähr jedenfalls.«

»Hau'n Sie ab, Schmitz! Schnell!«

Jupp gehorchte. Die Profilierungssucht seines Chefs ging ihm auf die Nerven. Er griff nach seinem Telefon und wählte, hörte dreimal das Freizeichen, dann hob jemand ab.

»Polizeiwache Dörresheim, Polizeimeister Breuer?«

»Schmitz, *Dörresheimer Wochenblatt*. Ist Polizeiobermeister Alfons Meier im Dienst?«

»Moment, ich verbinde.«

Jupp wartete einen Moment.

»Polizeiobermeister Meier.«

»Hallo, Al, ich bin's, Jupp. Was machen die Drogengeschäfte?«

»Gut, du weißt ja: Den besten Stoff gibt's immer noch bei den Bullen. Was darf's denn diesmal sein? Hasch, Gras, Marihuana?«

»Das ist alles dasselbe, du Niete. Diesmal brauch ich nur Informationen. Ihr unternehmt nichts in Sachen Schweinemord?«

»Routinefahndung.«

»Also nichts. Paß auf: Doktor Mark Banning, Dörresheim, ist der Mann, der mich interessiert. Bis wann weißt du was?«

»Wenn die mich erwischen, bin ich mindestens ein Sternchen los, wahrscheinlich alle. Krieg ich dann deinen Job?«

»Stell dich nicht an. Sonst müßte ich deinem Chef erzählen, womit du dir dein Taschengeld verdienst.«

»Wegen lausiger zehn, zwölf Mark im Monat würdest du eine hoffnungsvolle Karriere zerstören?«

»Wann?«

»Heute abend. Bei Rosie.«

»Danke, Al.«

Drei ziemlich abgetretene Stufen führten durch die massive, manchmal etwas schwerfällige Eichentür in den Schankraum des alten Bauerngasthauses *Dörresheimer Hof*. Käues und Jupp kamen gleichzeitig an, beide etwas früh, da sie sonst vor acht Uhr selten auftauchten. Bevor die beiden die erste Stufe erreichten, öffnete sich die Tür. Licht, Musik und Wärme drangen nach draußen. In der Tür stand Maria, Rosies Gehilfin, ein Mensch voller Herzensgüte, Humor und geistigen Aussetzern. Mit einem ordentlichen Schwung kippte sie einen Eimer Putzwasser vor Käues' und Jupps Füße.

»Tach, Maria! Nur ein Wort: Warum?«

»Wieso?«

»Na, ja«, seufzte Jupp, »fast. Was ich aber meinte, ist, daß man Wasser nicht vor die Türe kippt – im Winter!«

»Nicht?«

»Nein.«

Sie sahen sich schweigend an. Dann zuckte Jupp mit den Schultern:

»Vergiß es!«

Sie setzten sich an die Theke, und Maria begann unaufgefordert, Bier und Stephinsky, einen heimischen Kräuterschnaps mit erstaunlich zerstörerischer Wirkung, auszuschenken.

»Ich glaube, Al ist gerade gekommen«, meinte Käues eine halbe Stunde später grinsend.

»Hä?« fragte Jupp, dem das dritte Bier und der zweite Stephinsky schon mächtig zu schaffen machten.

»Hörst du nichts?«

Jupp lauschte. Durch die schwere Tür drang ein erstaunlicher Schwall von Flüchen, laut genug, um sie auch noch am anderen Ende von Dörresheim zu hören. Die Tür flog auf, Alfons betrat die Kneipe. Er schaute Maria wütend an, sagte aber nichts. Als Al näher kam, bemerkte Jupp, daß er das rechte Bein etwas nachzog.

»Al, hasch ... hast du etwas rausgekriegt?« fragte Jupp, der wie jeden Abend feststellen mußte, daß er keinen Alkohol vertrug.

»Ich sollte mich wohl lieber beeilen, bevor bei dir das letzte Licht ausgeht.«

Jupp winkte Al zu sich heran. »Also?«

»Hm. Da war was Komisches. Nicht mit dem Doktor, der scheint sauber zu sein, was anderes. Ich bin nach Dienstende noch mal zurück, weil ich nach deinem Mark sehen wollte. Das war ziemlich genau gegen acht Uhr. In der Dienststube war niemand mehr, nur noch der Nachtdienst hatte Wache, die sind aber in 'nem anderen Zimmer. Ich geh also rein und sehe, daß einer der Computer an ist. Alle waren aus, als ich gegangen bin, das weiß ich genau. Ich geh also rein ins Programm, schau unter Mark Banning nach. Alles sauber mit dem Kerl. Kein Eintrag. Ich wieder raus aus dem Programm, will das Ding ausmachen, als ich so 'n komisches Gefühl kriege. Ich setz mich also hin, gehe noch mal ins Programm. Der Computer merkt sich nämlich jeden Zugriff, so mit Uhrzeit und

Datum. Wenn man will, kann man sich das ansehen. Völliger Schwachsinn, dachte ich bis heute. Ich rufe wieder die Datei Mark Banning auf. Mein Eingriff stand da: 12. Februar, 20.02 Uhr. Aber jetzt kommt das Komische: es gab noch einen Eingriff, und zwar am 12. Februar, 19.58 Uhr! Ich dreh mich um, steht da Hauptkommissar Schröder hinter mir. Ich hatte ihn gar nicht kommen hören. War sogar mit seiner Frau da. Wollten ins Kino oder so. Fragt mich, was ich da tue. Ich sag ihm, daß ich was vergessen und dabei gesehen hab, daß der Computer noch an war. Hab ihn dann auch direkt ausgemacht, bevor er draufgucken konnte. Wir sind dann beide zusammen raus aus der Dienststelle. Verstehst du, Jupp? Da war einer dran. Und ich wette, er war noch im selben Raum! Mann, mir zittern immer noch die Knie. Wenn der Doktor Dreck am Stecken gehabt hat, ist es jetzt jedenfalls weg. Und beim BKA Informationen anfordern, kann ich nicht ohne weiteres. Das müßte schon Schröder tun. Ich denke, da ist es erst mal besser, den nicht zu fragen.«

»Kann man denn bei euch einfach so reinlatschen und mit 'em Computer spielen?« fragte Jupp.

»Reinlatschen unter Umständen, kennst das ja bei uns. Is zwar 'en bißchen riskant, aber, wenn einer will, kann er das. Mit 'em Computer spielen, da braucht man schon das Passwort un 'nen bißchen Ahnung«, antwortete Alfons und zuckte mit den Schultern.

»Danke, Mann, hascht was gut bei mir.«

»Schon gut. Ung jetz jit et Klopp in dä Kopp.«

Alfons bestellte, Käues freute sich, daß der offizielle Teil des Abends abgeschlossen war, Jupp seufzte. Im »Klopp in dä Kopp« konnte ihm keiner was vormachen, da war er immer der erste. Unglücklicherweise zählte das nicht. Denn der, der am längsten stehen konnte, war der Gewinner.

Zwei Bier und einen Stephinsky versuchte sich Jupp

wacker gegen die drohende Niederlage zu stemmen, bevor er aufgab und zahlte. Es mußte ja nicht jeder sehen, daß ihm nicht gut war.

Die frische Luft tat ihr Übriges. Jupp stand wie betäubt auf der ersten Stufe und versuchte, sich in dem kreisenden Wirrwarr vor ihm zu orientieren. Er riskierte einen Schritt. Für einen kurzen Moment hatte er auch Halt, aber nicht lange. Marias gefrorenes Putzwasser gab ihm Schwung über die zweite und nächste Stufe hinweg, hinunter auf den asphaltierten Vorplatz der Kneipe. Jupp sah während seines kurzen Fluges die Lampe, die über dem Eingang des *Dörresheimer Hofes* stumm Wache hielt, erfreute sich an dem wolkenlosen, prächtigen Winternachthimmel und spürte den Aufschlag zwar hart, aber nicht schmerzhaft.

Die beiden Gestalten, die sich aus den Schatten links und rechts des Einganges gelöst hatten, bemerkte Jupp nicht. Schlitternd packte ihn einer an seinen Armen, zog ihn nach oben und drückte seine Ellbogen stark auf seinem Rücken zusammen, so daß sie sich fast berührten.

»Danke, Kumpel. Isch komm schon klar«, lallte Jupp und blickte in das Gesicht vor ihm.

Der Kerl hatte ein Gesicht wie ein Boxer. Einer, der nicht allzu oft gewonnen hatte. Die Nase war so platt geschlagen, daß Jupp keine Erhebung in dem Antlitz ausmachen konnte. Mehr Zeit zur genaueren anatomischen Studie blieb Jupp nicht. Ein rechter Schwinger rammte in seinen Bauch. Jupp hatte das Gefühl, daß sich die Faust durch seine Gedärme wand.

Übelkeit schwappte in ihm hoch. Der Boxer holte bereits ein zweites Mal aus und hatte Jupps Kinn genau im Visier, kam jedoch nicht mehr zum zweiten Schlag. Jupp hielt den Moment für gekommen, sich zu wehren: Er kotzte drauflos. Ein armdicker Strahl schoß dem Boxer mitten ins Gesicht und fror ihn in allen Bewegungen ein.

Die nächsten Sekunden beschränkte sich der Boxer darauf, mit der Faust auf Jupps Kinn zu zielen, vor sich hinzudampfen und ihn fassungslos anzustarren. Eine bräunliche Soße Halbgares kleckerte an ihm herunter, was Jupp ein unerklärliches Vergnügen bereitete, und sein Haar sah aus, als hätte er es etwas mit der Pomade übertrieben. Oder mit der Margarine.

Jupp fühlte sich schon viel besser, obwohl ihn die Stelle schmerzte, die dieses Monster mit seinen Eisenfäusten getroffen hatte.

Der Boxer atmete schwer, und Jupp zog den Kopf ein. Er spürte etwas Warmes, Flüssiges in seinem Nacken, hörte einen kurzen Aufschrei, dann waren seine Arme wieder frei. Er kümmerte sich nicht um seinen Hintermann. Der Boxer stand breitbeinig vor ihm und würgte an seiner zweiten Pizza, die er höflicherweise vor seine Füße gesetzt hatte. Jupp konzentrierte sich, so gut er konnte, und trat ihm stramm in die Eier. Der Boxer ließ mächtig Luft ab, stöhnte, griff sich mit beiden Händen an sein Allerheiligstes und kippte mit dem Gesicht zuerst vornüber auf die Erde. Jupps Oberschenkel dämpfte den Aufschlag. Er war vor dem Boxer zu Boden gegangen. Das gefrorene Putzwasser ging ihm langsam, aber sicher auf die Nerven.

Der zweite Mann hatte bereits den Rückzug angetreten. Jupp schubste den Kopf des Boxers von seinem Oberschenkel und fluchte laut. Der Kerl hatte nicht nur Eisenfäuste, sondern auch einen Eisenschädel. Er raffte sich auf, überlegte, ob er seinem Gegner, der auf halber Höhe nach oben fast schon wieder stand, nicht einen finalen Tritt unters Kinn verpassen sollte, ließ es dann aber. Er wollte sein Glück nicht überstrapazieren. Der Boxer eierte, den Oberkörper vorgebeugt, die Hände in die Lenden gepreßt, seinem Kumpel hinterher.

Jupp wollte nur noch nach Hause. Morgen war auch noch ein Tag.

Ein Besuch

Jupp wollte nicht aufwachen. Nicht heute. Eigentlich überhaupt nicht mehr. Etwas summte penetrant.

Nach gut fünfzehn Minuten konnte Jupp das Geräusch lokalisieren. Sein Wecker kannte keine Gnade, Jupp allerdings auch nicht. Das Gesicht in das Kissen gedrückt, griff er nach dem Gerät und schleuderte es durch den Raum. Es klirrte kurz und durchdringend. Jupp war sich nicht sicher, ob er sehen wollte, was er getroffen hatte, blickte auf, senkte dann aber wieder den Kopf. Seine Augen waren auf seltsam hartnäckige Art und Weise zugeklebt. Er würde bestimmt zu spät zum Dienst kommen, was seine Laune gleich etwas besserte. Der Gedanke war verlockend. Zank wäre bestimmt mächtig sauer. Jupp kuschelte sich unter der Decke zusammen und spürte einen stechenden Schmerz in der Magengrube. Sein rechter Oberschenkel tat ihm auch weh.

Seine Finger glitten unter die Decke, tasteten an seiner Brust entlang und drückten vorsichtig. Der Schmerz nahm ihm die Entscheidung ab, ob er den Tag im Bett verbringen sollte oder nicht. Jupp schlug die Decke zurück, schlurfte zum Spiegel und hob sein T-Shirt. Ein gewaltiger grün-blauer Fleck von der Größe eines Tellers verlief unterhalb seiner linken Brustwarze, über den Solar Plexus, hinunter in Richtung Bauchnabel. Sein rechter Oberschenkel sah nicht viel besser aus. Nur war hier der Fleck nicht ganz so groß. Geduscht hatte er wohl auch nicht, nachdem er gestern nach Hause gekommen war, sein Spiegelbild belegte dies allzudeutlich. Das einzig Positive an diesem Morgen war, daß keine Rippe gebrochen schien. Fröstelnd nahm er wahr, daß es in seiner Dachwohnung zog, blickte zum Fenster, öffnete es und sah hinunter auf die Straße. Die Überreste seines Weckers lagen auf dem Bordstein. Jupp zuckte seufzend mit den Schultern. Keinen getroffen, Gott sei Dank.

Die Dusche war heiß, erholsam, pflegte seinen verprügelten Körper zärtlich, bis der Boiler seinen Geist aufgab und kaltes Wasser folgte, sehr kaltes Wasser, als Jupp sich gerade fluchend ein Auge rieb, weil das Shampoo darin brannte. Schnatternd, aber sauber, zog er sich an, braute sich sehr starken Kaffee, holte die Brötchen herein, die der Bäcker jeden Morgen brachte, klaute seinem Nachbarn – wie jede Woche – die neueste Ausgabe des *Dörresheimer Wochenblatts* und las.

Die Kindergarteneröffnung stand auf Seite eins. Jupp sparte sich den Text und legte den Finger auf die dunkelhaarige Frau neben Manfred Jungbluth. Sie war außerordentlich gut getroffen, fand Jupp und überlegte, ob es möglich war, sie unvorteilhaft zu treffen.

»Ach, Christine«, stieß er bedächtig aus und betrachtete das Foto. Er nahm eine Schere, schnitt es aus und steckte es in sein Portemonnaie.

Die Uhr zeigte 10.10 Uhr. Nur zehn Minuten zu spät, mit dem Weg in die Redaktion waren es fünfzehn Minuten. Jupp fand, daß er gut in der Zeit lag.

»Siebzehn Minuten, Herr Schmitz«, moserte Zank aufdringlich, »Siebzehn Minuten!«

»'tschuldigung, Chef!«

»Ich habe Ihnen schon tausend Mal gesagt ...«

Das Telefon klingelte.

»Ja!« fauchte Zank in die Muschel. »Ähem, *Dörresheimer Wochenblatt*, Zank. Was kann ich für Sie tun?«

Zank lauschte einen Moment.

»Für Sie«, sagte er ärgerlich und reichte Jupp den Hörer.

»Hier Schmitz?!«

Die Stimme klang heiser und unterdrückte nur schwer ihren Ärger. »Das nächste Mal bist du dran, Kotzbrocken!«

»Ach, du bist's«, grüßte Jupp fröhlich, »was macht das Gehänge? Noch alles geschmeidig? Tut mir leid, daß ich so kurz angebunden war, gestern. Aber du hast mich sozusagen auf dem falschen Fuß erwischt. Was kann ich denn für dich tun?«

»Dich raushalten, Drecksack. Das ist die letzte Warnung!«

»Hm. Das klingt ja ziemlich ernst. Sehr ernst, sogar. So etwas schlägt mir ziemlich auf den Magen« – Jupp preßte eine Hand an seinen Magen – »Ich glaub ... ich glaub, mir wird schon wieder schlecht ... Oh, Gott ... ich glaub, ich muß mich übergeben ... ich ...«

Der Fremde hatte aufgelegt. Zank schaute Jupp ungläubig an. Der machte eine beschwichtigende Handbewegung. »Nur ein Witz, Chef.«

Jupp setzte sich auf seinen Platz. In Gedanken ließ er den gestrigen Tag Revue passieren. Wer konnte ihn nicht leiden? Wer hatte was zu verbergen? Wer hatte die Schläger geschickt? Er beantwortete alle drei Fragen mit Doktor Mark Banning, räumte bei der ersten allerdings ein, daß es da durchaus noch eine Menge anderer Leute gab. Also der Doktor. Aber warum? Jupp mußte zugeben, daß er im dunkeln tappte. So ähnlich mußte sich Stevie Wonder fühlen, wenn er auftrat. War der nicht letztens sogar von der Bühne gefallen, mitten rein in den Orchestergraben? Wahrscheinlich hatte ihn jemand mit den exakten Bühnenabmessungen angeschissen. Jupp kicherte vor sich hin. Immerhin hatten sie ihn nicht mit dem Rücken zum Publikum auf die Bühne gestellt.

Aber wo war er stehengeblieben? Ah, ja, der Doktor.

Jupp brauchte zur Abwechslung einmal etwas Handfestes. Und er brauchte es schnell, bevor die beiden Deppen wieder auftauchten. Das nächste Mal hatte er vielleicht weniger Mageninhalt, um sich zu wehren. Er schaute auf seinen Terminplan. Um sechzehn Uhr stand eine Stadtratssitzung an. Scheiße. Schlimmer konnte es kaum noch kommen. Zank würde ihm die Arbeit nicht abnehmen. Er haßte sie genauso wie Jupp.

Das Telefonbuch gab erst nach einiger Sucherei den Namen von Bauer Lehmann preis. Vielleicht konnte er den Bauern doch noch zu einer Obduktion überreden. Jupp fand, daß der gute Doktor den Vorfall etwas schnell zu den Akten gelegt hatte. Wer weiß, was der in Wirklichkeit gesehen hatte.

»Nä!« schrie Bauer Lehmann in den Hörer.

»Herr Lehmann, es ist aber wichtig!«

»Dat es mer zo düür!«

Jupp riskierte einen Trick. »Ich könnte mir vorstellen, daß der Verlag die Obduktion zahlt.«

Lehmann schwieg einen Moment. »Nä!«

»Sie hätten keine Kosten!«

»Isch han Elsa at fottjebraat.«

Jupp hatte das Gefühl, daß der Bauer nicht ganz die Wahrheit sprach. »Tatsächlich? Na ja, dann kann man nichts machen.«

»Su isset.«

Jupp legte auf. Dieser sture Bauernschädel. Vielleicht war das Schwein tatsächlich weg, vielleicht hatte Lehmann es aber auch heimlich zu Koteletts verarbeitet. Möglicherweise prangte Elsas Kopf in Gold gegossen an seiner Wohnzimmerwand mit der Unterschrift: *In Memoriam – Dein Jupp*.

Abzüglich der Koteletts hätte der Bauer dann nur Elsas Arsch verbrennen lassen, was allerdings eine gute Erklärung bei den Tierbeseitigern nötig machen würde. Eine verdammt gute sogar. Die würden sicher wissen wollen, wo das restliche Schwein abgeblieben ist, und Lehmann müßte sagen: »Also, Sie werden's mir nicht glauben ...« und die Tierbeseitiger würden »Stimmt« sagen, ohne ihn ausreden zu lassen. Und dann würde Lehmann festgenommen werden, die Polizei den goldenen Kopf und die Koteletts in der Tiefkühltruhe entdecken. Natürlich würde der Bauer von den Nachbarn der Sodomie verdächtigt werden, und sie würden ihn im Morgengrauen an einer Eiche aufknüpfen. Und seinen Hof anstecken. Und seine Mutter zu niederen Diensten heranziehen. Und das alles, weil er sein Schwein liebte.

Jedenfalls konnte sich Jupp den Weg sparen. Elsa würde er wohl nicht mehr zu sehen bekommen. Vielleicht sollte er dem Bauern aber trotzdem einen Besuch abstatten. Heimlich. Vielleicht hatte er aber auch gestern einen Teil seines Verstandes ausgekotzt. Wenn er erwischt werden würde, könnte ihn Zank endlich feuern.

Jupp verwarf den Plan. Es mußte noch andere Wege geben.

Dr. Mark Banning, Veterinärmediziner, Sprechstunde Mo-Fr 16.00-18.00 Uhr.

Das Schild gehörte zu einem kleinen Bauernhaus auf der alten Landstraße. Die alte Landstraße lag nördlich vor dem Ortsschild von Dörresheim und mündete in die Hauptstraße. Ein kleiner asphaltierter Weg, der sich in einen kleinen Hügel schmiegte und gleichmäßig, aber nicht steil bergauf führte. Die Häuser der alten Landstraße lagen auf der linken Seite über dem Weg, weil sie in den Hang gebaut worden waren, und auf der rechten Seite unterhalb des Weges, so tief, daß man zwischen den Dächern und Bürgersteig eine Brücke hätte schlagen können. Das Haus des Doktors lag auf der rechten Seite. Eine steile Treppe führte hinab zur Tür.

Jupp klingelte. Ein Summer ertönte, und die Tür sprang auf. Ein strenger Geruch nach Desinfektionsmitteln schwappte ihm entgegen, und mit ihm schoß Bauer Bergmann an dem Journalisten vorbei.

»Herr Bergmann?« rief Jupp verwundert. »Wie geht's denn so?«

»Halt die Klappe, Blödmann!« knurrte Bergmann und lief auch schon die Treppe hoch.

»Mir geht's auch ganz gut!« rief ihm Jupp erbost nach.

Er stand im Flur und las auf der Tür vor sich *Anmeldung*. Einige Stufen führten zu seiner linken hinauf in die Privaträume des Doktors. Neben der Anmeldungstür ging eine Treppe hinab in den Keller. Jupp steuerte auf die Anmeldung zu. Rechts tauchte eine Glastür auf. Das Wartezimmer. Es schien noch niemand drin zu sein.

Die Anmeldung war hell und wirkte peinlich sauber. Ein kleiner Raum mit zwei Stühlen vor dem einzigen Fenster und einer kleinen Ablage. Ein riesiger Schreibtisch teilte das Zimmer in zwei Hälften, daneben war eine weitere Tür. Aktenschränke türmten sich an der Wand hinter dem Schreibtisch. Ein volles, rotgeschminktes Paar Lippen sprach Jupp an.

»Wir haben noch keine Sprechzeit«, lächelten die Lippen und zeigten ein paar strahlend weiße Zähne.

»Ich weiß. Ich möchte nur kurz mit dem Doktor sprechen. Schmitz, *Dörresheimer Wochenblatt*.«

»Einen Moment«, sagten die Lippen, wobei Jupp große grüne Augen verführerisch anschauten.

Jupp mußte zugeben, daß der Doktor keinen schlechten Geschmack hatte. Die Blondine war eine Wucht. Die Gute schien nur aus Kurven zu bestehen. Wahrscheinlich schlief er mit ihr, dieses Schwein, und Christine hatte bestimmt keine Ahnung, das arme Lamm. Jupp stierte der Arzthelferin auf den Po. Sie hatte sich umgedreht und nuschelte etwas in den Telefonhörer, drehte sich wieder um und knipste ihr Lächeln ein.

»Der Doktor kommt gleich hoch.«

»Wo ist er denn?« fragte Jupp so unschuldig wie möglich.

»Im Keller und experimentiert.«

»Woran denn?«

»Er sucht neue Medikamente für kranke Tiere, sagt er.«

»Was für Medikamente denn?« erkundigte sich Jupp besonders belanglos.

»Hat er mir nicht verraten«, antwortete die Blondine.

»Ein Plappermäulchen scheint er ja nicht gerade zu sein?«

»Er plappert, wie Sie so schön sagen, grundsätzlich nicht. Weder dienstlich noch privat.«

Jupp überlegte einen Moment. Entweder war sie die geborene Lügnerin, oder der Doktor schlief doch nicht mit ihr.

»Ist die Arbeit eines Journalisten wirklich so spannend, wie man sagt?« Scheinbar wurde der Blondine das Thema zu langweilig.

»Nein.«

»Oh.«

»Man hat es ständig mit Schweinen zu tun.«

»Hätt ich nicht gedacht«, sagte die Blonde. Jupp wußte nicht genau, ob sie ihn falsch verstanden hatte oder ihn verscheißern wollte.

»Wie heißen Sie eigentlich?« fragte er.

»Martina. Martina Meier.«

Jupp schluckte. Ausgerechnet Martina. Martinas brachten Unglück, aber er beschloß, ihr eine Chance zu geben. Vielleicht wüßte sie etwas über den Doktor. Vielleicht würde sie etwas über ihn rauslassen. Ein paar nützliche

Informationen, die sie ihm flüsterte, auf einem Bärenfell, nein, auf keinem Bärenfell. In einem ganz gewöhnlichen Raum ... mit einem offenen Kamin ...

Jupp riß sich zusammen. »Martina. Hätten Sie vielleicht Lust ...«

Doktor Banning betrat das Zimmer, und Martina machte sich gleich an die Arbeit, blickte aber vorher noch einmal verstohlen zu Jupp. Mark Banning sah übernächtigt aus. Das dunkle, wellige Haar war nur nachlässig frisiert. Seine Augen waren etwas gerötet, das Gesicht aber trotz der Blässe immer noch gutaussehend. Er streckte die Hand aus und kam auf Jupp zu. »Was kann ich für Sie tun?«

»Vielleicht könnten wir ins Behandlungszimmer gehen?« schlug Jupp vor.

Der Doktor wies auf die Tür neben dem Schreibtisch. Das Behandlungszimmer war überraschend geräumig, und, soweit Jupp das einschätzen konnte, mit allerlei modernen Geräten ausgestattet. In der Mitte des Raumes stand ein großer Tisch. Darüber zwei flügelartig aufgeklappte Operationsleuchten. Ein Hängeschrank war vollgestopft mit Fläschchen und Medikamentenschachteln.

Jupp betrachtete etwas, das wie ein Beatmungsgerät aussah. »Sie operieren auch?« fragte er beeindruckt.

»Ja. Ab und zu«, sagte der Doktor, heute mal nicht hochnäsig, »aber deswegen sind Sie ja wohl nicht hier, oder?«

»Nein«, nickte Jupp, »deswegen nicht. Ich wollte, daß Sie sich das mal anschauen. Ich habe mich gestern gestoßen.«

Jupp zerrte sein Hemd aus der Hose und zeigte dem Doktor den Fleck.

»Warum gehen Sie damit nicht zu einem Humanmediziner?« fragte der Doktor unbeeindruckt.

»Ach, ich war gerade in der Nähe. Und als Veterinär verstehen Sie ja auch etwas von der Humanmedizin.«

»Na ja, dann zeigen Sie mal her.«

Der Doktor tastete nach Jupps Rippen. Seine Hände waren warm und vorsichtig. »Gebrochen ist nichts. Vielleicht ist die eine oder andere Rippe angeknackst. Ich gebe Ihnen eine Salbe gegen die Schwellung und lege einen Verband an. Mehr kann ich nicht tun.«

»Sehr freundlich«, sagte Jupp.

»Wie ist denn das passiert?« fragte der Doktor.

Jupp gab sich Mühe, etwas aus der Stimme herauszuhören, das nach Schadenfreude oder Arroganz klang, aber da war nichts. Der Doktor spielte seine Rolle perfekt.

»Ich bin auf gefrorenem Putzwasser ausgerutscht«, antwortete Jupp.

Der Doktor nickte und verband seine Rippen.

»Kann ich noch etwas für Sie tun?« fragte er abschließend.

»Was wollte denn Bergmann hier?« erkundigte sich Jupp freundlich.

»Hm. Genau weiß ich das auch nicht. Wahrscheinlich wollte er seinen Kummer über Belindas Ableben mit jemandem teilen.«

»Dafür war der aber ganz schön sauer, als er hier raus ist. Bei Ihren seelsorgerischen Fähigkeiten sollten Sie in einer Nervenheilanstalt arbeiten!«

»Kümmern Sie sich lieber um Ihren Scheiß-Job!«

»Mach ich ja«, gab Jupp unbeeindruckt zurück.

»Sonst noch was?«

»Im Moment nicht.«

»Sie wissen ja, wo's raus geht.«

Jupp war wütend. Der Doktor ließ sich nicht in die Karten gucken und schien obendrein auch noch mächtig

Übung darin zu haben. Er war weder freundlich noch unfreundlich, solange er nicht provoziert wurde. Ein Arzt eben, der irgendeinem Patienten half.

Der Vertreter des *Dörresheimer Wochenblatts* verließ den Behandlungsraum, lächelte noch einmal der drallen Blondine zu, die ihn aber nicht beachtete, und ging. Er wußte nicht genau, was er sich von seinem Besuch eigentlich versprochen hatte; aber eins stand nun fest: es hatte nicht funktioniert.

Wem gehört Dörresheim?

Jupp aß bei Käues, obwohl eigentlich Pizza oder Aldi dran gewesen wäre. Er kaute lustlos, obwohl Käues beteuerte, daß er das Bratöl erst vor einer halben Stunde erneuert habe. Die Fritten waren auch nicht schlecht, nur hatte Jupp keinen rechten Appetit. Er beruhigte Käues, der gerade auf beleidigt umschalten wollte, mit einer Ausrede. Der gestrige Abend sei ihm auf den Magen geschlagen. Auf eine bestimmte Art und Weise log er nicht einmal, nicht direkt jedenfalls. Glücklicherweise war Käues ordentlich beschäftigt, so daß Jupp sich seine Gedanken machen konnte.

Der Doktor war ihm nicht nur unsympathisch, sondern wollte ihm auch noch ans Leder. Zu allem Unglück hatte Jupp nichts in der Hand. Wenn das so weiterging, konnten ihn die beiden Monster für den Rest des Jahres verprügeln, dabei war erst Februar. Und ob die Polizei ihm helfen würde, war fraglich. Offensichtlich hatte Banning einen guten Draht zur Dörresheimer Dienststelle. Das einzige, was Jupp hatte, war Al. Und das war zweifellos zu wenig. Jupp aß seinen Teller leer, was Käues freute, und verabschiedete sich.

Viertel nach drei machte ihn Zank noch einmal darauf

aufmerksam, daß heute Ratssitzung war. Er streckte sich dabei, seufzte zufrieden, lächelte Jupp an und sagte, daß er heute ein Stündchen früher Schluß machen würde. War ja nicht viel los. Jupp hörte kaum zu, so daß Zank wieder in sein Zimmer dackelte und sich heimlich darüber ärgerte, daß Jupp sich nicht ärgerte.

Kurz vor vier packte Jupp einen Schreibblock, zwei Kugelschreiber, gewillt, sich dem Grauen zu stellen.

Dörresheimer Ratssitzungen liefen immer gleich ab. Sie wurden im großen Ratssaal des kleinen Dörresheimer Rathauses abgehalten. Jupp hatte sich immer gefragt, womit der große Ratssaal seinen Namen verdient hatte. Der Raum maß keine 50 Quadratmeter, mit prächtigen Schnitzereien an den Wänden und einem sehr alten Parkettboden, der jeden Schritt ächzend beantwortete. In der Mitte des Raumes stand ein sehr großer, rechteckiger Tisch aus dunklem Holz. Auch er war alt, genau wie die Stühle, auf denen man saß. An der oberen Kopfseite befanden sich die Fenster, die früher einmal prächtige Holzkreuze geziert hatten, die das Glas viertelten. Vor ein paar Jahren hatte man sie entfernt und durch moderne Doppelverglasung ersetzt. Die neuen Fenster stritten sich fürchterlich mit der Ehrwürdigkeit des restlichen Raumes. In einer Ecke vor dem Fenster hatte man einen kleinen Tisch aufgebaut, der für zwei Personen gedacht war, meistens aber nur von einer Person benutzt wurde. Das war Jupps Platz: der Pressetisch.

Als Jupp sich anschickte, das Rathaus zu betreten, wartete am Eingang schon Johannes Bergmann auf ihn. Er war städtischer Angestellter und betreute die Vertreter der Presse. Bergmann war rotgesichtig und roch immer nach Schweiß. Aufdringlich wedelte er mit einem Papier, das nach der Tagesordnung aussah.

»Ah, der Herr Schmitz vom *Dörresheimer Wochenblatt*. Schön, daß Sie da sind. Ich hab hier was für Sie«, sagte er hastig seinen Spruch auf.

Jupp hielt die Luft an, lächelte kurz und beeilte sich, schnell aus Bergmanns Dunstkreis zu kommen. Er betrat den Raum und blickte in die Runde, die voller als gewöhnlich war. Herbert Wacker, CDU, Lothar Müller, SPD, Anneliese Bock, FDP, Flora Willmers, Grüne, und seit neuestem auch drei Vertreter der UWV, die nicht ganz unschuldig daran waren, daß die CDU sensationellerweise keine absolute Mehrheit mehr hatte. Jupp konnte sogar die Wurstlippen von Bürgermeister Hildebrandt ausmachen. Nicht schlecht. War alles da, was in Dörresheim rummeckern konnte. Ein paar Einheimische, die Jupp teils mit Namen, teils vom Sehen kannte. Und ein graumelierter Herr mit wachen blauen Augen, der ihm unfreundlich zunickte.

Jupp grinste unverschämt zurück. Irgend etwas im Gesicht des Mercedes-Fahrers mit dem Kölner Kennzeichen, der diesmal ohne Begleitung unterwegs war, sagte ihm, daß der Förster ihn erwischt hatte.

Jupp setzte sich auf seinen Platz, wehrte Bergmann ab, der ihm Zigaretten anbot, obwohl er genau wußte, daß Jupp nicht rauchte, und konzentrierte sich auf die Tagesordnung, so daß Bergmann wieder abzog. Es war immer das gleiche Ritual. Jupp hatte gehofft, daß es eine von den kürzeren Sitzungen werden würde, aber heute war Dienstag. Da gab's keinen Fußball im Fernsehen, der selbst die wichtigsten Sitzungen pünktlich enden ließ.

Die Tagesordnung verriet erstaunlicherweise nur einen Punkt. Jupp schöpfte Hoffnung. Das hatte es noch nie gegeben. Vor zwei Jahren hatte es einmal neun Punkte gegeben. Das war Rekord. Jetzt gab es einen neuen Rekord.

Während des Lesens hob Jupp verwundert die Augenbrauen. Manfred Jungbluth, vielmehr die Jungbluth-Chemie plante einen Ausbau ihrer Kapazitäten. Es war ein Bebauungsantrag für neue Produktions- und Lagerhallen gestellt worden. Es ging um ein paar Hektar Land, die an die bestehenden Jungbluth-Gebäude heranreichten. Jupp schüttelte den Kopf. Das würde Jungbluth nicht gelingen. Zwar waren die geplanten Hektar kein Landschaftsschutzgebiet, aber doch ein schöner Flecken Erde, für den sich sogar Wurstlippe-Hildebrandt letztes Jahr stark gemacht hatte. Er wollte es zum Schutzgebiet erklären lassen. Jupp wußte allerdings nicht, ob Hildebrandt bisher etwas unternommen hatte oder nicht. Scheinbar nicht.

Die Tür öffnete sich, was Jupp aber nur am Rande wahrnahm. Erst als Hildebrandt überschwenglich »Manfred!« rief und »das Fräulein Tochter«, blickte Jupp auf. Jungbluth interessierte ihn nicht. Seine Aufmerksamkeit galt Christine. Sie sah ihn nicht gleich, nickte den Anwesenden freundlich zu, sogar dem Mercedes-Fahrer, warf einen letzten Blick in die Runde, bevor sie Anstalten machte, sich zu setzen, und entdeckte Jupp, der ihr kurz zuwinkte. Sie kam an seinen Tisch. Jupp fand, daß sie einen erstklassigen Gang hatte. Sie zeigte die meisten ihrer perfekten Zähne und legte ihre Hand auf seine Schulter.

»Hallo. Erst sehen wir uns Jahre nicht mehr und jetzt jeden Tag«, sagte sie leise.

»Finde ich gar nicht einmal so unangenehm«, antwortete Jupp, der sich für den Bruchteil einer Sekunde bemühte, nicht in ihren Ausschnitt zu linsen, obwohl sie sich gefährlich weit nach vorne gebeugt hatte. Gleich darauf ergab er sich der Versuchung und sah teure, schwarze Spitze.

Christine hatte es nicht bemerkt oder überspielte es perfekt. Ohne Hast richtete sie sich wieder auf. »Wir können ja gleich noch einen Kaffee trinken, was meinst du?«

Jupp nickte heftig, zu heftig, wie er sich gleich darauf ärgerte.

Hildebrandt bat um Ruhe. Er saß an der Kopfseite des Tisches. Christine ließ sich neben ihren Vater nieder, der rechts neben dem Bürgermeister thronte. Der bat Herbert Wacker um das Wort, dessen Partei die Ratsmehrheit besaß.

»Wir behandeln heute den Antrag der Jungbluth-Chemie, das Grundstück 234, Querstrich B, D und E bebauen zu dürfen. Gleichzeitig möchte ich den Besitzer der Jungbluth-Chemie nebst Tochter begrüßen. Der Bebauungsplan sieht eine Fläche von 3,3 Hektar vor und eine vorläufig geschätzte Investition von fast zwanzig Millionen Mark. Bei Fertigstellung der neuen Produktionsanlagen und Lagerhallen entstehen geschätzte hundert neue Arbeitsplätze. Ebensoviele während der Fertigstellung. Die CDU, für die ich das Wort ergreife, begrüßt das Jungbluth-Vorhaben.«

Das war klar. Kein Wort von Naturschutz. Jupp lächelte. Lothar Müller würde ihm den Arsch aufreißen. Wie bei der letzten Ratssitzung. Sie hatten endlos gestritten, zunächst noch mit Würde und »Sie«, obwohl sie sich schon seit ihrer Jugend kannten und auch so etwas wie Freundschaft pflegten, später dann mit »du« und »Hammel« oder »Depp«. Natürlich hatten sie kein Ergebnis erzielt, das war erst in der vierten Sitzung zu erwarten. Das war immer so, sehr spaßig halt, und würde auch immer...

»Die SPD begrüßt ebenfalls das Engagement der Jungbluth-Chemie«, sagte Müller.

Hildebrandt nickte zufrieden. »Dann sollten wir zur Abstimmung kommen. Wer dafür ist, hebt bitte...«

»Moment!« rief Jupp, der nicht glauben konnte, was da vor sich ging. »Was ist hier eigentlich los? Waren Sie es nicht, Bürgermeister, der vor Jahresfrist noch den Schutz der Fläche forderte, die hier zur Diskussion steht?«

»Ja, schon. Ich habe aber meine Meinung geändert. Es

geht um einen Haufen Arbeitsplätze. Sie wissen, daß wir hier eine strukturschwache Region haben. Wir müssen vor allem an das Wohl der Menschen hier denken. Können wir jetzt zur Abstimmung kommen?«

»Nein«, bestimmte Jupp selbstsicher, »erst möchte ich wissen, welche Firma den Bauauftrag bekommt!« Er hatte so eine Ahnung.

»Das wird erst viel später entschieden! Das wissen Sie doch, Herr Schmitz!« antwortete Hildebrandt geduldig.

Die würden abstimmen. Jupp sah keine Möglichkeit, es zu verhindern, außer, er würde einen Schuß ins Blaue riskieren.

»Nun, sollte die *Schiller Hoch- und Tief* den Zuschlag bekommen, natürlich nachdem vorher eine öffentliche Ausschreibung stattgefunden hat, würde mich das ungeheuer interessieren!«

»Wieso gerade die *Schiller Hoch- und Tief*?« Der Mercedes-Fahrer hatte sich zu Wort gemeldet. Er sah erst Jupp, dann Bürgermeister Hildebrandt an.

»Ich bin sicher, unser Bürgermeister erklärt es Ihnen!« antwortete Jupp.

Lothar Müller war nicht nur Fraktionsvorsitzender der SPD, sondern nannte auch die *Schiller Hoch- und Tiefbau* sein Eigen. Die Firma trug den Mädchennamen seiner Frau, war wahrscheinlich auch auf sie eingetragen. Alle Ratsmitglieder wußten das, und auch alle Dörresheimer.

»Was mischen Sie sich überhaupt ein?« wetterte Hildebrandt.

»Das ist eine öffentliche Sitzung!« schnauzte der Mercedes-Fahrer. »Da darf ich mich ja wohl zu Wort melden.«

»Wer sind Sie überhaupt?« schrie Hildebrandt.

»Ein mündiger Bürger, der sich einmischt!«

»Jedenfalls keiner von hier!«

Der Mercedes-Fahrer senkte seine Stimme. »Na und?« fragte er kühl.

Auch Hildebrandt beruhigte sich etwas. »Darf ich fragen, warum Sie sich so engagieren?«

»Dürfen Sie.«

»Und?«

»Das geht Sie überhaupt nichts an.«

Dann kehrte Stille ein, kein Mucks war mehr zu hören. Sogar Bergmann hatte aufgehört zu zappeln. Manfred Jungbluth war der erste, der sich rührte. Er stand auf, ohne Jupp oder den Mercedes-Fahrer anzusehen, und ging. Christine tat es ihm nach. Sie war wütend, das war ihr deutlich anzusehen, aber sehr beherrscht. Sie sah den Mercedes-Fahrer kurz, aber durchdringend an und verließ dann den Raum ohne ein Wort. Hildebrandt blickte verwirrt um sich, nahm die Unterlagen, die vor ihm lagen, und erhob sich ebenfalls.

»Die Sitzung wird vertagt!« donnerte er ärgerlich und schaute Jupp böse an. Genau wie alle anderen, außer Müller, der es nicht wagte, zu dem Nörgler herüber zu blicken.

Eines durfte jetzt schon feststehen: in Dörresheim hatte Jupp nicht mehr allzu viele Freunde. Die hatte er zwar vorher auch nicht gehabt, aber man hatte ihn in Ruhe gelassen. Das würde jetzt wohl anders werden, wenn alle hörten, warum das Bauvorhaben vorerst auf Eis gelegt war. Dörresheim war unbarmherzig gegen Querulanten, vor allem gegen diejenigen, die Arbeitsplätze verhinderten.

Jupp beglückwünschte sich innerlich zu seinem Großmaul, dachte an einen Kurzurlaub von vielleicht dreißig Jahren, um denen ausreichend Zeit zum Sterben zu geben, die ihm jetzt die Pest an den Hals wünschten. Warum war er nicht in der Lage, ab und zu einmal seine Klappe zu halten? Das konnte doch nicht so schwer sein! Und warum wurde er aus Erfahrung eigentlich niemals schlau?

Daß der Dörresheimer Schützenverein, und damit alle Eifler Schützenvereine, die im Einzugsgebiet des *Dörresheimer Wochenblatts* lagen, zumindestens geistig schon einmal die Waffen durchluden, wenn sie nur seinen Namen hörten, war ihm egal. Vielleicht hätte er im letztjährigen Bericht vom Königsschießen die Adjektive »schießwütig« und »reaktionär« nicht benutzen sollen. Und das »rotz« vor »konservativ« war zugegebenermaßen ein übler Schnitzer gewesen. Aber, war es seine Schuld, daß Hildebrandt in der Festrede unter stürmischem Applaus behauptet hatte, daß die »Freiheit des Mannes in der Waffe lag«, und dafür plädierte, daß auch schon Kinder an diesen »wunderbaren Sport« herangeführt werden sollten? Jupp war sich doch nicht so sicher, ob das »rotz« vor »konservativ« tatsächlich ein übler Schnitzer gewesen war. Wer »Glaube, Sitte, Heimat« in seinem Wappen führte, hatte es nicht anders verdient.

Der Saal leerte sich rasch. Bergmann wartete an der Tür zum Ratssaal. Seine Miene sprach Bände. »Das hätten Sie nicht tun sollen, Herr Schmitz. Ich möchte jetzt nicht in Ihrer Haut stecken.«

»Schade. Dann würden Sie nämlich ein Deo benutzen«, fuhr Jupp ihn an, dem der Name »Bergmann« langsam, aber sicher zum Hals heraushing. »Tut mir leid, Bergmann, war nicht so gemeint.«

»Was steckt dahinter?«

Jupp drehte sich um und sah den Mercedes-Fahrer an. »Das würde ich von Ihnen auch gerne wissen.«

»Ich möchte nicht, daß mein Naherholungsgebiet zugebaut wird.«

Jupp kämpfte mit einem Wutanfall. Das Possessivpronomen war ihm nicht entgangen. »Dann suchen Sie sich doch ein neues!«

»Warum so wütend? Ich möchte Ihnen meine Hilfe anbieten.«

»Hören Sie«, sagte Jupp ruhig, »setzen Sie sich in Ihren Mercedes, und fahren Sie gegen einen Baum.«

Der Mercedes-Fahrer zuckte mit den Schultern und verschwand.

Gedankenverloren schlenderte Jupp hinaus und wäre fast an Christine vorbeigelaufen, die am Ende des Flures, der zum Saal führte, auf ihn wartete.

»Hallo!« rief sie nicht unfreundlich und zupfte ihn am Ärmel. »Wohin, todesmutiger Reporter?«

»Kaffee trinken?« fragte Jupp, dessen Selbstsicherheit sich am Pressetisch aufhielt, wo sie auch bleiben wollte.

Christine hakte sich ein. Sie gingen über die Straße zum einzigen echten Café von Dörresheim und suchten sich einen Platz. Jupp bestellte Kaffee schwarz, ohne Zukker, Christine einen Cappuccino. Die Kellnerin nahm die Bestellung entgegen, tauchte nach zwei Minuten wieder auf, stellte ein kleines Tablett mit den Getränken ab und legte einen kleinen Kassenbon daneben. Dann zog sie wieder von dannen.

»Was ist in dich gefahren?« fragte Christine.

»Weiß auch nicht«, sagte Jupp zerknirscht.

»Na, ja«, meinte Christine und legte ihre Hand auf die von Jupp, »mutig war's schon. Es gibt niemanden, den ich kenne, der sich offen mit meinem Vater anlegt. Nicht einmal ich. Und ich bin seine Tochter!«

»Ja, ja, weiß ich«, nörgelte Jupp, der sich heimlich über Christines Kompliment freute.

»Vielleicht kann ich ja mit ihm reden«, bot sie Jupp an, »vielleicht seid ihr beide auch nur etwas zu stur.«

»Schon möglich«, antwortete Jupp. Er drückte ihre Hand. »Die Luft wird jetzt mächtig dünn für mich, hier oben in Dörresheim.«

»Wenn du Sorgen hast, bin ich für dich da«, tröstete Christine.

Jupp verspürte große Lust, sie zu küssen, unterließ es aber. Sie war mit dem Doktor verlobt, und sie waren in der Öffentlichkeit. Christine zog ihre Hand von seiner und ließ sie unter den Tisch gleiten. Jupp fühlte sie plötzlich auf seinem Oberschenkel, langsam nach oben kletternd, bis sie sich mit mit großer Selbstverständlichkeit an seinem Reißverschluß zu schaffen machte.

»Danke«, sagte er schnell, »ich muß jetzt gehen.«

Jupp zahlte vorne an der Theke, ging gleich nach Hause, schloß die Türe hinter sich, drehte den Schlüssel zweimal um, latschte ins Klo und schloß sich da ebenfalls ein. Einmal mehr war Jupp der Überzeugung, daß man im Leben ständig in der Scheiße saß, nur daß sich zuweilen die Tiefe änderte. Jedenfalls würde jetzt eine gute Verdauung beim Denken behilflich sein. Manchmal lagen die Dinge doch gefährlich nahe beieinander.

Jupp setzte sich auf die Schüssel und dachte nach.

Wem gehörte Dörresheim eigentlich? Das war doch auch seine Heimat! Also mußte er hierbleiben und kämpfen. Langsam schöpfte er wieder Mut. Was konnte er tun? Es hatte wenig Sinn, sich mit Manfred Jungbluth weiter offen anzulegen. Das würde er noch nicht einmal Dirty Harry empfehlen, obwohl er gerne gewußt hätte, was Eastwood an seiner Stelle unternehmen würde. Wahrscheinlich würde Harry Jungbluth und den Rest der Dörresheimer mit einem lockeren Spruch auf den Lippen erschießen, um dann für immer zu verschwinden. Vielleicht sollte er sich einmal den Film ausleihen. Vielleicht sollte er auch die Finger davon lassen. Lebenslänglich war so lustig auch nicht, mit oder ohne lockerem Spruch.

Zank würde seinen »guten Freund« Manfred mit Sicherheit nicht in die Pfanne hauen. Und daß sich irgendein Städter für *sein* Naherholungsgebiet stark machte, darauf konnte er auch verzichten. Obwohl Jupp nicht das Gefühl hatte, daß es dem Mercedes-Fahrer wirklich um den Ausbau ging. Das Ferienhäuschen, das er dann und wann wohl benutzte, war so weit von dem Ausbaugelände entfernt, daß er es nicht einmal bemerken würde, wenn sie dort über Nacht einen Flughafen eröffnen würden. Was zum Teufel wollte der wirklich? Wochenends ein wenig stänkern hier im Grünen, und dann schön nach Hause fahren und Jupp mit dem Rest der aufgestachelten Dörresheimer zurücklassen? Er konnte sich keinen Reim drauf machen.

Christine war die einzige Hilfe, die er hatte. Sie konnte ihm vielleicht ein kleines Polster verschaffen. Sollte Jungbluth öffentlich Stimmung gegen ihn machen, konnte Jupp sich warm anziehen. Sehr warm sogar.

Das Telefon klingelte. Zank war dran und sprach auf den Anrufbeantworter. Jupp konnte ihn durch die Badezimmertür hören. Er kreischte etwas von »nicht mehr alle Tassen im Schrank« und »sprechen uns morgen«. Jungbluth hatte also keine Zeit verloren, seinen Unmut publik zu machen.

Jupp zog an der Spülung. Es wurde Zeit, daß er aktiv wurde.

Hunde, die bellen ...

Die Uhr beharrte auf der Tatsache, daß es erst kurz nach fünf war. Käues würde in zwei Stunden zu Hause sein, sollte er nicht noch ein paar Extrawürste verkaufen. Jupp war nicht ganz wohl bei dem Gedanken, daß er seine Hilfe benötigte. In der Küche suchte er nach Brot, fand welches, schlug zwei Eier in die Pfanne und legte ein paar Scheiben Schinken dazu, als die Eier schon fast fertig bruzzelten.

Jupp würzte das Ganze mit Paprika und weißem Pfeffer und lud dann den Inhalt der Pfanne auf eine Brotscheibe. Er hatte mächtig Kohldampf, aß den Strammen Max gierig und beschloß, noch einen zu essen.

Während er genüßlich am zweiten Max kaute, rekapitulierte er das Geschehene noch einmal. Wie die Kungelei im Stadtrat abgelaufen war, konnte er sich halbwegs zusammenreimen. Um es zu beweisen, brauchte er Zeit. Die sollte ihm der liebe Doktor geben, als eine Art lebendes Schutzschild. Jupp würde ihn auf dem Silbertablett präsentieren und war selbst erst einmal aus der Schußlinie.

Kurz nach sieben versuchte er es bei Käues, hörte fünfmal das Freizeichen, dann legte er wieder auf. Fünf Minuten später versuchte er es ein zweites Mal. Nach dem dritten Freizeichen hob Käues ab.

»Ja?« schnaufte er gehetzt ins Telefon.

»Käues, ich bin's. Ich brauche deine Hilfe.«

»Was ist denn passiert?«

»Komm vorbei. Ich erklär's dir.«

Jupp legte auf und setzte sich. Käues würde nicht länger als fünf Minuten brauchen.

»Also, was ist los?« fragte Käues, noch bevor er Jupps Wohnung betreten hatte.

»Ich hab mich mit Manfred Jungbluth angelegt«, antwortete Jupp.

Käues pfiff durch die Zähne, legte seinen Mantel ab, ging in die Küche, öffnete den Kühlschrank und krallte sich ein Bier.

»Auch eins?« fragte er Jupp.

»Hm.«

»Eins muß man dir lassen, Jupp. Du bist zwar nur ein

kleiner Schmierfink in einer noch kleineren Klitsche, aber du hast den Mut eines großes Schmierfinks in einer großen Klitsche.«

»Danke für die Blumen.«

»War gar kein Kompliment. Ich frage mich nur, ob du noch alle Tassen im Schrank hast.«

»Komisch, hat Zank auch gesagt.«

»Was hast du vor?«

»Ich möchte heute nacht jemanden besuchen«, erklärte Jupp.

»Wen?«

»Sag ich dir dann schon.«

»Ist es illegal?«

»Na, ja, ein bißchen, vielleicht. Nicht so richtig, aber wenn man die Gesetze ganz genau auslegt, könnte es schon sein, daß es nicht ganz...«

»Sag es mir nicht. Je weniger ich weiß, desto besser.«

Beide schwiegen einen Moment.

»Was ist passiert?« fragte Käues.

Jupp erzählte es ihm, vermied aber, allzu sehr von Christine zu schwärmen. Käues lauschte, ohne Zwischenfragen zu stellen. Als Jupp fertig war, ergriff er wieder das Wort.

»Wieso hab ich bloß das Gefühl, daß du mit deinen Eiern denkst!«

»Tu ich doch gar nicht!« empörte sich Jupp.

»So? Erstens interessierst du dich sonst nicht für Schweine, auch nicht für aufgeschlitzte, und zweitens habe ich deine Christine auch gesehen. Mann, eine geile Sau!«

»Red nicht so über sie.«

Käues grinste, und Jupps Wangen wurden heiß. »Hilfst du mir?«

Käues nickte kurz. »Sischer dat.«

Jupp schaltete den Fernseher an. Sie schauten beide gelangweilt auf die Mattscheibe und tranken Bier dazu. Dann und wann klingelte das Telefon. »Drecksack« war noch das Netteste, was der Lautsprecher des Anrufbeantworters von sich gab. Käues nickte Jupp anerkennend zu und hielt dabei den Daumen in die Höhe. Die frechsten anonymen Anrufe beantwortete Theo der Dritte mit einem kleinen, spontanen Applaus. Als Käues beim sechsten Anruf zur »La ola« ansetzen wollte, zog Jupp das Telefonkabel aus der Dose.

Kurz vor halb zwölf sprang Jupp auf, schwankte einen Moment, und sagte: »So, jetzt geht's los!«

Er spürte die paar Bier, die er getrunken hatte, gewaltig, wollte aber doch lieber selbst fahren, weil Käues nicht nur mehr Bier getrunken hatte, sondern sich auch schon an seinem Whisky vergriff.

Sie setzten sich in Jupps Käfer und fuhren los.

Es war ziemlich genau Mitternacht, als sie in Sittscheidt ankamen. Käues hatte die fast halbstündige Fahrt dazu benutzt, sich weiter zu betrinken. Sein Reiseproviant, ein Sixpack, das sie an einer Tankstelle kaufen mußten, war bis auf eine halbe Büchse geleert. Die ersten beiden der 0,5er Tuborgs hatte Käues unten mit einem Schlüssel angebohrt, an den Mund gesetzt und den Verschluß geöffnet. Das hatte den Vorteil, den Inhalt einer Dose in ungefähr zwei Sekunden intus zu haben. Käues liebte Trinkspiele wie dieses Dosenschießen. Es ersparte einem das lästige Schlucken.

Jupp stellte den Wagen am Ortseingang ab. Die Durchfahrtsstraße von Sittscheidt hatte nur drei Laternen, von denen zwei kaputt waren. Der Hof der Lehmanns lag zwischen diesen Laternen.

»Wat söke mer eijentlisch?« fragte Käues, der nun wie ein Zweijähriger brabbelte.

»Ich wünschte, du wärst nüchterner«, seufzte Jupp. »Paß auf! Ich will, daß du Schmiere stehst. Wenn du was hörst oder siehst, pfeifst du einmal.«

Käues versuchte zu pfeifen, aber er brachte keinen Ton heraus, sondern nur ein flatterndes Geräusch, das sich nach einem Haufen Spatzen anhörte, die sich zu einem spontanen, gemeinsamen Rundflug entschieden. Anschließend brach er in ein hysterisches Gekicher aus.

»Ok, ok. Ich seh schon, pfeifen können wir abhaken. Kannst du noch husten?«

Käues hustete laut, asthmatisch und wollte gerade einen Klumpen ausspucken, als Jupp ihm den Mund zuhielt.

»Tschh. Geht's noch 'n bißchen lauter? Vielleicht möchtest du vorher 'ne Durchsage machen, daß wir hier sind?!« zischte Jupp.

Käues gluckste vergnügt. »Isch jonn mit erenn.«

»Das tust du nicht.«

»Oh, doch.«

»Oh, nein.«

»Dann weed isch jetz e Leedche singe«, lallte Käues und nahm tief Luft.

Jupp hielt ihm wieder die Hand auf den Mund. »Du hast gewonnen, du Arsch. Aber reiß dich zusammen, in Ordnung?« befahl er. Dann lief er gebückt auf das Haus der Lehmanns zu.

»He, Jupp!« rief Käues leise. »Wör et net unauffälliger, wenn mer janz no'maal jonn?«

Jupp richtete sich wütend auf.

»Komm endlich!« herrschte er Käues böse an, obwohl er wußte, daß Käues recht hatte.

Beide schlenderten auf das Haus der Lehmanns zu. Zehn Meter hinter der letzten funktionierenden Laterne verschluckte sie die Dunkelheit. Jupp und Käues standen vor dem verschlossenen Tor, das zum Hof führte.

»Tschh«, machte Jupp ein zweites Mal, obwohl Käues gar nichts gesagt hatte, »ich verlange absolute Ruhe. Los, drüberklettern!«

Käues nickte, und Jupp kletterte. Er war flink und glitt lautlos über das Tor. Käues war nicht ganz so geschickt, brachte aber trotzdem eine lautlose Landung zustande. Schulter an Schulter schlichen sie über den Hof. Jupp wollte die Taschenlampe erst im Schweinestall anmachen. Der Stall war offen, und Jupp stieß erleichtert Luft aus.

»Sach mal«, flüsterte Käues, als sie den Stall betreten hatten, »wat söke mer eijentlich? Mann, he stink et ävver. Wat sull dat?«

»Halt die Klappe. Wenn es dir nicht gefällt, kannst du ja immer noch Schmiere stehen.«

»Du häss ävver net jesaat, dat mer inne ... Wo sind mer he eijentlisch?«

»In einem Schweinestall.«

»Oh, Jott. Mach ens de Funzel aan. He is et su düster wie ennem Bärenarsch.«

Jupp knipste die Taschenlampe an. Der Stall war eng, warm und feucht. Die Wände hatten eine schwarz-grünliche Farbe, dazwischen schimmerten Reste weißen Putzes durch. Rechts und links verliefen schmutzige Holzboxen, die so aussahen, als wären sie erst nachträglich eingebaut worden. Dazwischen ein schmaler Gang, der zu einer weiteren Holzbox führte, größer als die anderen, fast dreißig Meter von ihnen entfernt an der Kopfseite des schmalen, schlauchartigen Stalles. Jupp ging durch den Gang und hielt im Vorübergehen kurz die Taschenlampe in die Boxen. Nervöses Quieken beantwortete das ungewohnte Licht. Jupp hielt den Strahl weit vor sich. Neben der Box an der Kopfseite des Stalles pellte das Licht ein kleines Kabuff aus dem Dunkeln. Jupp steuerte darauf zu.

»Jupp!« zischte Käues, der immer noch an der Tür stand. »Komm russ he. He loofe doch nur Säu erömm. Üverall Säu, nüüs usser volljedresse Säu.«

Jupp winkte ab und linste durch die verschmierten Scheiben des Kabuffs. Er sah einen alten Holzstuhl, einen noch älteren Tisch, einen schmutzigen Fußboden und einen ziemlich neuen Kühlschrank. Er drückte auf die Klinke. Abgesperrt. Jupp fluchte leise.

»Jupp? Ich glööv isch hann Dress an dä Fööß«, zischte Käues ärgerlich, »verdammp. Die Schoon wore ziemlisch neu. Jupp, hüürst du mer üvverhaupt zo?«

Statt einer Antwort hörte Käues ein kurzes Klirren.

»Jupp! Wat zom Düwel määst du do?! Jupp! Sach wat!«

Käues konnte Jupp nicht mehr ausmachen. Er sah die Taschenlampe, dann ein weiteres Licht, das aber nach kurzer Zeit wieder verschwand. Eine Sekunde später erlosch auch die Taschenlampe.

»Jupp, sach wat, oder isch verjreif misch an demm Schween! Jupp!«

Käues beugte sich über eine Box. »Na, du kleen Sau«, lächelte er boshaft, »wat jetz kött, häss de nur Onkel Josef zo verdanke. Kans disch bei emm beschwäre.«

Er machte Anstalten über die Wand der Box zu klettern, doch Jupp packte ihn an der Schulter.

»Laß die Spielereien, du Idiot. Wir gehen.«

Käues stapfte hinterher, drehte sich aber noch einmal um und murmelte etwas, was sich wie »isch komm wedder« anhörte.

Die kalte Luft war äußerst erfrischend, fand Jupp. Zufrieden steuerte er auf das Tor des Hofes zu. Käues machte ein paar eilige Schritte und lief dann neben ihm her.

»Ung? Hässte jet jefonge?«

Jupp hielt inne. »Was war'n das?«

Käues lauschte, hörte aber nichts und wollte gerade etwas erwidern, als auch er ein Geräusch vernahm. Ein

Knurren – tief und äußerst feindselig. Jupp drehte sich um. Das Geräusch schien recht dicht hinter ihnen zu sein, vielleicht zehn Meter. Er lugte in die Finsternis, konnte aber nichts ausmachen.

»He, Käues. Ich glaub, die ham 'n Hund!«

Jupp drehte sich wieder um, aber Käues stand nicht mehr neben ihm. Käues kletterte gerade das Hoftor hinauf.

»Scheiße«, zischte Jupp und rannte los, hörte das Getrappel von vier enorm schnellen Beinen hinter sich, hatte aber nur noch zwei Meter bis zum Tor, schätzte den Abstand, tat einen letzten langen Schritt und stemmte sich in die Höhe. Seine Hände griffen um die obere Kante des Tores. Er versuchte einen schnellen Klimmzug und spürte einen heißen, durchdringenden Schmerz. Halb über dem Tor hängend, rief er nach Käues.

»Ja?« fragte eine Stimme aus dem Dunkel.

»Der Drecksköter hat mich erwischt!«

»Ung?«

»Und? Was heißt hier und? Du blödes Arschloch. Jevv em enne!«

Käues suchte in der Dunkelheit nach einem Stock, rannte die Straße hoch, huschte den selben Weg wieder zurück, tat einen Schritt nach rechts und drehte sich im Kreis, den Boden absuchend.

»Würdest du aufhören, wie ein Hühnchen herumzulaufen. Ich halt's nicht mehr lange aus!« flüsterte Jupp, so leise wie es der Schmerz eben noch zuließ.

Käues tat einen kleinen Jubler.

»Isch hann jet!« rief er zu Jupp hoch, dem der Schweiß in Strömen herunterlief.

»Beeil dich. Der Drecksköter bringt mich um!« preßte Jupp hervor.

Käues hangelte sich am Tor hoch, eine Latte in der rechten Hand haltend. Mit dem Oberkörper lehnte er sich über das Gatter, stützte sich mit der linken Hand ab, um das Gleichgewicht zu finden, mit der rechten Hand schwang er die Latte über seinen Kopf. Gleichzeitig spähte er an Jupp herunter.

»Isch kann en net rischtisch seen. Er muß unger ding'em Mantel sinn!«

»Zieh ihm endlich eins über!«

Käues löste die linke Hand vom Tor und tastete nach dem Kopf des Tieres, fand etwas Hartes, das ruckte und knurrte und mühte sich, ein Lachen zu unterbinden.

»Er hängt an ding'em Arsch«, verkündete er und fing an zu gluckern.

»Was du nicht sagst!« flüsterte Jupp wütend. »Er wird ihn mir komplett aufreißen, wenn du ihm nicht endlich einen überziehst!«

Käues zielte auf Jupps Hintern, klammerte seine Hand fester um das Kantholz, schlug mit aller Kraft zu und rutschte zurück auf die Straße.

Unter völliger Mißachtung jedweder Geheimhaltung kreischte Jupp los und machte dabei mehr Lärm als ein ganzes Mädchenpensionat, das einen Spanner vor ihrer Dusche entdeckt hatte. Der Schrei zerriß die Nacht, schwappte über den Dächern der Lehmanns, Nitterscheids und Merkhovens zusammen, drang durch die Schornsteine ins Innere, suchte sich unter den Türschlitzen den Weg zurück ins Freie, schoß in die Höhe des Nachthimmels, drehte Pirouetten, und jagte in die umliegenden Wälder.

Der Hund hatte vor Schreck von Jupp abgelassen und wartete verdutzt auf seiner Seite des Tores. Jupp nutzte die Gelegenheit, sich vom Tor zu schwingen und stand Käues bereits gegenüber, als noch ein leichtes Echo in der Luft zitterte. Jupps Augen funkelten wild, sahen Käues mit dunkler Entschlossenheit an.

»Is jet?« fragte der schüchtern.

Jupp sagte nichts, sondern drehte seinen Kopf, um über die Schulter zu blicken. Die Latte stieß im rechten Winkel auf seine untere Beckenpartie und schwebte, wie von Geisterhand getragen, in der Luft. Jupp packte das Holz, das so seltsam an seinen Hintern angewachsen schien, zog es mit einem kurzen Aufschrei heraus und hielt es in Augenhöhe vor sich. Das Ende zeigte die Spitze eines etwa vier Zentimeter langen Nagels, der mit Blut beschmiert war. Auch das Holz um den Nagel herum zeigte eine rötlich schimmernde Farbe. Käues versuchte ein entschuldigendes Lächeln, was ihm aber nicht richtig gelang. Jupp hob den Nagel näher vor des Frittenmeisters Auge.

»Rostig!« erklärte er, und seine Stimme klang gefährlich ruhig.

Käues wußte nicht, was er sagen sollte, wurde des Problems aber entledigt, da der Köter auf der anderen Seite des Tores ein zorniges Gekläffe anstimmte.

Die kleine Simone Nitterscheid war die einzige, die das wütende Gebell wahrnahm. Zuvor hatte sie jemanden schreien gehört. Sie stand am Fenster und starrte auf den Lichtkegel der einzig funktionierenden Laterne, als eine Gestalt darin auftauchte. Der Mann schien es eilig zu haben, denn er rannte sehr schnell und war in weniger als einer Sekunde dem hellen Fleck entkommen. Einen kurzen Moment später huschte ein zweiter Mann durch den Lichtkegel, der einen Stock über seinen Kopf schwang. Er war nicht so schnell wie der erste Mann, weil er ein Bein nachzog, aber auch er verschwand zügig aus dem beleuchteten Bereich.

Draußen wurde es wieder sehr ruhig, der Hund hatte aufgehört zu bellen, und die Schritte auf dem Bürgersteig entfernten sich rasch. Erst jetzt fiel Simone auf, daß die Männer überhaupt nicht gesprochen hatten.

Kurz vor dem Eindösen war sie sich nicht mehr so sicher, ob sie nicht geträumt hatte.

Zwei Fläschchen – eine Mistforke

Jupp hatte sich für die Rückfahrt den Vordersitz – so weit es ging – zurückgedreht und lag nun bäuchlings darauf. Käues war eigentlich zu betrunken, um zu fahren, mußte aber.

Während der ganzen Heimfahrt redete nur einer – Jupp. Flüche, Verwünschungen, Schmähungen und der Wunsch nach ewiger Verdammnis sprudelten über seine Lippen. Da war vom Standrecht die Rede, Ächtung, Inquisition und der guten, alten Eisernen Jungfrau. Er unterbrach sich selbst nur dann und wann, wenn der pulsierende Schmerz in seinem Hintern übermächtig wurde und er kurz die Luft anhielt und betete, daß er wieder abklang. Danach setzte der Verletzte seine Litanei von Schuld und Sühne fort.

Käues sagte nichts, um Jupp nicht noch weiter zu reizen. Er glaubte zwar nicht, daß der in seinem Zustand zu einer Gewalttat fähig war, wollte es aber nicht darauf ankommen lassen. Er beschleunigte Jupps Käfer, hoffte, so schneller nach Hause zu kommen. Ein Schlagloch zwang ihn allerdings wieder zur langsamen und umsichtigen Fahrweise. Genaugenommen war es nicht das Schlagloch, sondern Jupp, der, nachdem er seine Zähne aus dem Beifahrersitz des Käfers wieder gelöst hatte, ihm nun ebenfalls ein zweites Arschloch angedroht hatte. Jupp gab seine Bauchlage auf, streckte sein Hinterteil in die Höhe und zog die Knie unter den Bauch. Scheinbar fand er so vorerst Erlösung; seine Verwünschungen ließen nach. Käues hoffte inständig, daß niemand sie sehen würde.

»Was jetzt?« fragte Käues, als Jupp eine dreißigsekündige Pause eingelegt hatte.

»Laß mich an der Alten Landstraße raus! Dann fährst du mein Auto nach Hause! Du gehst in deine Wohnung, dübelst einen Haken in die Zimmerdecke, befestigst einen Strick daran, besorgst dir einen Stuhl, legst dir die Schlinge um den Hals und kickst den Stuhl weg! Capito? Vorher gibst du das Al. Heute noch! Er soll auf meinen Anruf warten. Falls ich nicht anrufe, soll er's untersuchen lassen.« Jupp drückte ihm etwas in die Hand.

»Wenn's sein muß«, seufzte Käues.

»Ja, mein Lieber. Es muß sein!«

Gegen halb zwei in der früh erreichte Käues die Alte Landstraße. Jupp befahl, ihn an der Gabelung zur Hauptstraße herauszulassen. Er knallte die Tür zu, sah seinem Käfer noch ein paar Meter nach und humpelte los. Das Haus des Doktors erschien ihm dieses Mal besonders weit weg. Alle fünfzehn Meter machte Jupp eine kleine Pause.

Glücklicherweise hatte er die seltsamen Fläschchen, die er in Lehmanns Kühlschrank gefunden hatte, in die Innentasche seines Mantels gesteckt. Bei seinem Glück hätte Käues die sonst auch noch erwischt. Jupp fühlte nach seiner Brust und spürte unter dem Stoff einen harten, konisch geformten Gegenstand, der bei jedem Schritt leise an seine Brust wippte.

Auf der Treppe, die zur Tür des Doktors führte, vertrat sich Jupp auf einem Treppenabsatz. Ein Schrei entfuhr ihm, dann eine Reihe von unappetitlichen Flüchen.

Er schellte an der Tür. Nach einer halben Minute schellte er ein zweites Mal, dieses Mal aufdringlicher, und hörte schließlich Geräusche aus dem Inneren. Jemand kam die Treppe herunter oder herauf – so genau war das nicht zu lokalisieren. Als die Tür sich öffnete, erkannte Jupp, daß der Doktor noch nicht zu Bett gegangen war.

»Guten Morgen, Herr Banning. Ich bin früh dran, aber es ist ein Notfall.«

»Wieder auf Putzwasser ausgerutscht?« fragte der Doktor emotionslos.

»Nein, gebissen worden.«

»Gehen Sie zu einem Humanmediziner.«

»Also, bitte. Ich brauche Hilfe, und zwar hier und jetzt und von Ihnen. Ich möchte Sie nur ungern daran erinnern, daß unterlassene Hilfeleistung ein Straftatbestand ist.«

»Na, dann kommen Sie mal rein«, sagte der Doktor und deutete Jupp mit einer Handbewegung, ins Behandlungszimmer durchzugehen.

»Mann, Sie scheinen nicht gerade vom Glück verfolgt zu sein«, meinte der Doktor als Jupp mit heruntergelassener Hose auf dem Behandlungstisch lag, »der Biß sieht gar nicht gut aus.«

Jupp seufzte. »Hab ich mir schon fast gedacht.«

»Sind Sie gegen Tetanus geimpft?«

»Ähm, ja, das heißt, ist schon was her. Wenn ich's recht überlege, ganz schön lange. Aber so eine Impfung hält ja auch lange. Lassen Sie mich mal überlegen, das war ... Was machen Sie denn da?«

»Ich ziehe eine Spritze auf.«

»So groß? Damit könnte man ja einen Bullen impfen.«

»Sie vergessen, wo Sie sich befinden!«

»Sie werden doch wohl auch noch kleinere haben?« protestierte Jupp.

»Na, und wo bleibe ich?« grinste der Doktor munter. »So, und jetzt schön still halten!«

»Warten Sie! Jetzt fällt's mir wieder ein. Ist doch nicht so lange her, mit der Tetanusspritze. Letzte Woche erst. Ehrlich. Weiß gar nicht, wie ich das vergesssss...«

Jupp zischte, weil er jede Menge Luft durch die geschlossenen Zähne einsog. Der Stich erinnerte ihn an

Käues' Nagelholz. Er spürte etwas Kaltes, Fremdes, das sich unter seiner Haut breit machte, grabschte nach hinten, um die Spritze wieder herauszuziehen.

»Pfoten weg von der Spritze«, sagte der Doktor nicht ohne Schadenfreude und schlug Jupp auf die Finger. Dann ließ der Druck nach.

»Das war's schon«, meinte Banning, »ich werde die Wunde jetzt desinfizieren und ein großes Pflaster drüberkleben. Wie wär's, wenn Sie das nächste Mal einen Humanmediziner aufsuchen würden?«

»Ich war gerade ...«

»... in der Nähe«, schloß der Doktor, »was ist denn das für ein Loch hier, oberhalb der Bißwunde?«

»Fragen Sie nicht, dann muß ich Sie auch nicht anlügen.«

»Wie dem auch sei. Ich werde sie jedenfalls säubern.«

Jupp zischte noch mal, als der Doktor desinfizierte. Er hatte das Gefühl, daß Banning viel Spaß an seiner Arbeit hatte.

Als Jupp verbunden war, holte der Doktor ein Päckchen aus seinem Arzneischrank, öffnete es, drückte eine weiße Pille aus der Verpackung, füllte ein Glas Wasser und gab Jupp beides.

»Gegen die Schmerzen!« sagte er.

Jupp nahm die Pille, schluckte sie, spülte mit Wasser nach und hoffte, daß die Wirkung bald einsetzen würde. Dann griff er nach seinem Mantel, schob seine Hand in die Innentasche. Es war Zeit, seinen einzigen Trumpf auszuspielen.

»Ach, Doktor«, sagte er mit der gebührenden Unschuld, »Sie könnten mir noch einen Gefallen tun.«

»Was denn?« fragte der Doktor, der sich die Gummihandschuhe, die er für die Behandlung übergestreift hatte, gerade abrollte.

Jupp zog das Fläschchen aus dem Mantel. »Könnten Sie das einmal für mich untersuchen?«

Er hielt das Fläschchen in die Höhe. Eine klare Flüssigkeit schwappte darin herum. Das Gefäß trug weder ein Etikett noch sonst etwas Auffälliges, trotzdem beobachtete Jupp einen Augenblick des Erkennens in den Augen des Veterinärs.

»Was ist das?« fragte der Doktor unsicher.

»Das möchte ich gerne von Ihnen wissen.«

»Nun, ich müßte es an ein Labor schicken, um ...«

»Ich dachte da eigentlich an Ihr eigenes Labor. Ich könnte mir vorstellen, ein Mann wie Sie, mit Ihrer Ausbildung und enormen Wissen, könnte das auch im eigenen Labor.«

»Dazu braucht man besondere technische Apparate. Die habe ich hier nicht. Wie gesagt ...«

»Ich lasse es Ihnen einfach mal hier. Wie lange wird es dauern, bis Sie die Analyse durchgeführt haben?«

»Das kann ich Ihnen nicht so genau sagen. Wenn ich die Probe morgen einschicke ...«

»Okay. Dann warten wir gemeinsam auf die Probe. Auf Ihre Probe und auf die meine!«

Der Doktor schluckte, sagte aber nichts. Jupp lächelte überlegen. Zum ersten Mal seit der Begegnung mit Belinda hatte er das Gefühl, völlig schmerzfrei zu sein.

»Ich gebe Ihnen meine Karte. Sie können mich jederzeit anrufen. Wenn die Probe wieder zurück ist, meine ich.«

Der Doktor griff nach dem Stück Papier, das ihm Jupp entgegenhielt. »Ja, geht in Ordnung!«

Jupp schaute den Mediziner an, der völlig in sich zusammengesackt war. Sein Gesicht hatte vorher schon wenig Farbe gezeigt, jetzt war es weiß. Banning lächelte unsicher, gab Jupp die Hand zum Abschied und begleitete ihn zur Tür, die er schweigend hinter ihm schloß.

Der Heimweg fiel Jupp leicht. Zwar spürte er mit jedem Schritt ein unangenehmes Ziehen, aber die Schmerzen hielten sich nun in Grenzen. Er genoß die klare, mittlerweile eiskalte Luft, hatte den Mantel nicht zugeknöpft, so daß die Enden an beiden Seiten hinter ihm herflatterten.

Nach gut zwanzig Metern hörte er zuerst ein Rascheln, dann das Knacken von Ästen und abschließend ein verärgertes »Dress«.

Jupp hielt an.

»Käues?« fragte er das nachtschwarze Gestrüpp, das sich mit Flüchen Luft machte.

»Hunnescheiße!« fluchte jemand, der ziemlich betrunken zu sein schien.

Jupp erkannte die Stimme. »Bergmann? Was machen Sie denn hier?«

Bergmann stolperte aus dem Gestrüpp, in der Hand eine Mistforke.

»Der janze Busch es vulljedresse«, lallte er und schrubbte seine Sohlen auf dem Asphalt.

»Verdammp! Jeht net runger!«

»Also, Bergmann, was machen Sie hier?«

»Jet disch nüüs an, Schmierfenk!«

»Glauben Sie nicht, nur weil Sie völlig blau sind, daß ich Ihnen nicht gleich eine lange!«

Bergmann grinste betrunken und fuchtelte mit der Forke vor Jupp herum. »Die stäck isch demm Quacksalver ennen Arsch!«

»So voll wie Sie sind, werden Sie sich die Forke selbst in den Arsch stecken. Los, geben Sie das Ding her!«

»Nä!« beharrte Bergmann.

»Wohl!«

»Holl se de doch!« gluckste Bergmann vergnügt und schwankte beträchtlich.

Jupp zögerte einen Moment. Das hier war die beste

Chance, sich ein drittes Loch im Arsch einzuhandeln. »Hören Sie mir zu, Bergmann. Ich bin an dem Doktor dran. Geben Sie mir die Forke!«

Bergmann schwankte, nahm die Forke herunter, stützte sich darauf und lallte leise: »Oh, meine arme Belinda! Arme Belinda!«

Jupp traute dem Frieden nicht ganz, schlich dann doch zwei Schritte vorwärts und nahm Bergmann die Forke vorsichtig aus der Hand. Bergmann hatte aufgegeben und murmelte nur noch leise den Namen seiner Ex-Kuh.

»Wird schon wieder, Bergmann«, beruhigte Jupp ihn leise, »ich krieg ihn schon, den verdammten Doktor!«

Jupp wunderte sich, wie wütend er in diesem Moment war. Dieser Städter brachte nichts als Unglück, und Jupp hatte wirklich die Nase voll von ihm. Er legte Bergmann die Hand auf die Schulter, der leise vor sich hin brabbelte.

»Bist du mit dem Auto hier?«

Bergmann nickte schwach.

»Wo?«

Bergmann zeigte die Straße herunter.

»Taunus«, lallte er schläfrig.

Jupp seufzte: Bergmann wog wenigstens zwei Zentner. Seinen kräftigen Arm auf Jupps Schultern gelegt, ließ sich Bergmann zu seinem Auto schleppen. Jupp hievte den Bauern auf den Rücksitz, startete den Wagen, stellte befriedigt fest, daß der Tank fast voll war, drehte die Heizung hoch und zog die Handbremse an. Sollte Bergmann eine kleine Kotzeinlage einlegen, dann jedenfalls nicht in Jupps Wohnung. Die Forke nahm er mit und schmiß sie nach gut hundert Metern ins Gestrüpp.

Die ersten Häuser Dörresheims tauchten vor Jupp auf. Sie schienen dunkel und unbewohnt. Straßenlaternen wiesen ihm stumm den Weg nach Hause. Ein paar hundert Meter weiter bog Jupp von der Hauptstraße ab. Zu seiner Rechten plätscherte leise die Erft in ihrem Bett. Jupp konnte in einiger Entfernung seinen Käfer sehen, der vor dem Haus stand, dessen Dachwohnung er gemietet hatte. Eine dunkle Gestalt huschte davon; ein Schatten, der aufsprang und weglief. Hoffentlich haben die Vandalen nur die Antenne abgebrochen, fuhr es Jupp durch den Kopf.

Im schalen Licht der Laterne suchte er nach Schäden, als er seinen Käfer erreicht hatte. Ein Kratzer zog sich vom Hinterreifen bis zum vorderen Kotflügel. Die Antenne war abgebrochen, und ein Scheibenwischer. Zum zweiten war der heimliche Besucher nicht mehr gekommen. Jupp schüttelte den Kopf. Wenn es um Arbeitsplätze oder moralische Verfehlungen ging, kannte Dörresheim keine Gnade.

Wohlige Wärme schwappte ihm entgegen, als er seine Wohnung aufschloß. Er legte seinen Mantel ab und ging in die Küche. Ein starker Kaffee sollte ihn noch eine Weile wachhalten. Er machte Licht im Wohnzimmer, taperte unmotiviert durch die Räume, roch den Kaffee. Erst jetzt fiel ihm ein, daß er das Telefonkabel noch nicht in die Buchse zurückgesteckt hatte, tat es und gönnte sich in der Küche eine Tasse frischen Kaffee, spürte Müdigkeit im ganzen Körper. Die Glieder taten ihm weh. Jupp unterließ es jedoch, ins Schlafzimmer zu gehen, um sich nicht in Versuchung zu führen, jedenfalls noch nicht. Irgendwie hatte er das Gefühl, noch einen Anruf zu bekommen. Von jemandem, der sein schlechtes Gewissen bei ihm erleichtern wollte. Jemand, der Mark Banning hieß.

Seine Küchenuhr tickte ungewöhnlich laut, wie Jupp fand, und zeigte ihm, daß es mittlerweile Viertel nach zwei war. Noch nie hatte er so wenig Geräusche gehört. Die ganze Welt schien zu schlafen, nur er nicht. Er beschloß, sich endlich dem Rest der Welt anzuschließen, zog sich im Wohnzimmer aus und löschte das Licht.

Gleich darauf machte Jupp es wieder an. Das Klingeln des Telefons trieb mit einem Schlag die Müdigkeit aus seinen Gliedern. Er hastete, so schnell er konnte, an den Apparat.

»Hallo?« fragte er in die Muschel.

Am anderen Ende der Leitung war nichts zu hören. Fast nichts. Etwas knirschte, was sich wie kaputtes Glas anhörte. Jemand atmete schwer.

»Wer ist da?« fragte Jupp, der langsam glaubte, daß die Dörresheimer nicht nur ungnädig, sondern auch pervers waren. »Wer ist da?«

Jupp lauschte, hörte etwas. Dann war die Leitung unterbrochen.

Jupp sprang in seine Hose, vergaß seine Schmerzen, griff nach seinem Mantel und hetzte die Treppe hinunter, setzte sich in seinen Käfer, legte den Rückwärtsgang ein und jagte den Weg hoch, der zu schmal zum Wenden war. Sein Auto schoß rückwärts auf die Hauptstraße, ohne daß Jupp auf Verkehr geachtet hatte. Aber es war niemand unterwegs. Die Häuser schlummerten friedlich vor sich hin, während Jupp seinen Wagen, so schnell es ging, Richtung Alte Landstraße trieb.

Kurz vor der Praxis legte Jupp den Gang heraus und bremste behutsam, um die Nachbarschaft nicht zu wecken. Jupp machte sich bitterste Vorwürfe: Bergmanns Taunus stand nicht mehr an seinem Platz.

Die Tür zur Praxis stand einen Spalt weit offen. Jupp lugte vorsichtig in den Eingang. Alles war dunkel. Er ging durch den schmalen Flur zum Anmeldungszimmer. Auch hier war es dunkel. Auf der anderen Seite des Raumes konnte Jupp schwach die Tür des Behandlungszimmers erkennen, unter deren Unterkante Licht hervorkroch.

Jupp schlich an die Tür und lauschte. Nichts zu hören.

Langsam drückte er die Klinke herunter, die willig nachgab, und öffnete einen Spalt. Niemand schien da zu sein. Jupp riß die Tür auf und trat einen Schritt vor.

Ein paar Scherben bemusterten den Boden. Ein Schuh lugte hinter dem Behandlungstisch hervor und lag in einer Stellung, die Schuhe gewöhnlich nicht einnahmen: Der Absatz zeigte senkrecht nach oben.

Jupp ging um den Tisch und erblickte den Mann, der zu dem Schuh gehörte. Eine Spritze steckte in seinem Rücken. Jupp bückte sich, wollte nach dem Plastikteil greifen, beschloß aber, es lieber nicht anzufassen. Es war die Tetanusspritze von vorhin. Zweifellos war dieses Mal keine Flüssigkeit gegen Wundstarrkrampf dringewesen. Jupp seufzte. Er hatte den Doktor loswerden wollen, aber nicht so.

Die Tür flog ein zweites Mal auf. Jupp schoß hinter dem Behandlungstisch nach oben und sah in die Mündung einer Automatik, die auf seine Brust zielte. Ein grüner Arm hielt die Waffe vor sich. Der Arm führte zu einem Gesicht, das Jupp kannte.

»Al?!«

»Jupp! Was zum Teufel machst du denn hier?« fragte Al und nahm die Waffe herunter.

Hinter Polizeiobermeister Meier trat Hauptkommissar Schröder in den Raum. Lange war er wohl noch nicht wach: Er hatte keine Uniform an, seine Haare standen wirr, das Hemd war nur nachlässig in die Hose gesteckt, die Schnürsenkel schlängelten sich haltlos um seine Schuhe. Hinter ihm konnte Jupp noch eine Schirmmütze erkennen.

»Schön die Hände nach oben!« sagte Schröder ruhig.

Jupp schloß die Augen und hob seine Hände.

Indianer-Ehrenwort

Der junge Polizist Ralf »die Eule« Kunz schaute Jupp dröge an. Er hatte einen gewaltigen Überbiß, der Jupp an seine Kindheit erinnerte. Der gute, alte Bugs Bunny war damals einer seiner absoluten Trickfilmfavoriten gewesen.

Jetzt saßen sie bereits seit eineinhalb Stunden in einem kleinen Raum der Dörresheimer Polizeiwache. Die Wände waren weiß, eine unbequeme Pritsche an einer Seite der Wand lud Jupp zu einem kleinen Nickerchen ein. Aber er saß auf einem Stuhl und hatte seinen Mantel über die Lehne gehängt. Vor ihm hockte der junge Polizist hinter einem schmucklosen Tisch und einer alten Adler und versuchte, ein Geständnis aus ihm herauszuquetschen. Jupp überlegte, welche Comicfigur wohl so eine Brille, wie der Grüne sie trug, gehabt haben mochte, aber es fiel ihm keine ein. Er kam immer mehr zu der Überzeugung, daß die Polizei einen gewaltigen Bedarf an Nachwuchs haben mußte. Ob man an den Schneidezähnen seines Gegenübers wohl eine Bierflasche öffnen könnte?

»Also, Hä Schmitz. Wie wor dat mit 'em Doktor. Wollt Ihr net endlisch üür Jewesse erleischtere?«

Jupp guckte gequält. Der Kerl würde den härtesten Zuhälter mürbe machen.

»Fump!« sagte Jupp, und es klang verblüffend nach einer Bierflasche, die man mit einem Feuerzeug aufhebelt.

»Fump? Wat heeß dat?«

»Nix Konkretes«, lächelte Jupp milde, »me wor donoch.«

»Also, wollt Ihr net endlisch üür Jewissen erleischtere? Dä Rischter tät dat sehr zu schätze wisse«, versprach die Eule großspurig.

»Dat saacht Ihr doch nur esu!«

»Nä, nä. Ehrlisch. Isch kenn doch dä Rischter. Dä määt dat wirklisch!«

Jupp druckste etwas herum, wand sich in vorgetäuschten Seelenqualen. Er hatte diesen Typen satt.

»Also, jut. Isch jestehe«, sagte Jupp und legte einen Hauch Pathos in die Stimme.

Die Eule lächelte ihn an und fuhr sein Gebiß nach vorne. Jupp war sich sicher, daß die Eule nur die ganz harten Jungs zugeteilt bekam. Die Geheimwaffe der Dörresheimer Polizei. Die Geheimwaffe im Kampf gegen das organisierte Verbrechen.

Die Eule nickte ihm auffordernd zu.

»Also«, sagte Jupp, »isch bin zo dämm Doktor hin. Wissen Se, wat nämlisch bisher keener jewußt hätt, außer üsch jetz, dä Doktor wor bisexuell!«

»Nä!« rief Kunz verwundert aus.

»Wenn isch dat Ihnen sach. Und, dat wuß och keener, isch bin dat och!«

»Nä!« rief Kunz wieder.

»Tät isch Sie belüjen, Herr Wachtmeister?« fragte Jupp in aller Unschuld.

»Widder!« forderte der Junge gierig.

»Na, ja. Isch komm also zur ussjemaaten Zeck, spät naachs, wie Ihr jo wißt, zöm Doktor.«

Die Adler der Eule fing eifrig an zu klappern.

»Isch bejrööß Mark wie immer mit 'em Küßje.«

Kunz verzog angewidert das Gesicht, sagte aber: »Widder.«

»Mer jonn renn, schmuse noch jet ung bereede oss opp dä Akt für. Dazo, mööt 'er wisse, benutze mer immer en Aphrodisiakum.«

»Wie schreibt man dat?« wollte die Eule wissen.

»A ... f ... f ... r ... o ... d ... y ... s ... i ... a ... h ... k ... u ... m ... m«, buchstabierte Jupp.

»Danke«, sagte die Eule.

»Also, dat funktioniert su. Mit der Spritz spritz isch dat Zeusch in et Krüzz, zwesche Wirbel Nummer sebbe ung aach. Dat hätt dä Doktor immer janz wild jemaat. Also, isch mach dat, und dann määt er dat bei mir. Ja, und dann ... muß isch dat in aller Deutlischkeit verzälle? Is mer jet peinlisch.«

Die Eule überlegte kurz und tippte dann los.

»Isch schreev eenfach 'Wir hatten dann Geschlechtsverkehr, Punkt.' Rischtisch esu?«

»Jenau su wor et.«

»Wat passierte dann?«

»Also, mer träkke us widder aan, und isch wollt jrad jonn, da säät Mark, dat dat unser letztes Zusammentreffen wor ung dat er jetz nur noch für seng Verlobte do wör. Isch ben natürlisch tierisch eifersüchtich jewoore und hann jesaat, dat er dat doch net maache kann. Aber er hätt jesaat, dat dat esu wör.«

»Ung dann?«

»Dann moot der ens op et Klo. Isch, rasend vor Eifersucht, seen die Spritz, jreif noch 'em Fläschje oss demm Schrank und träkk dat Dingen opp.«

»Widder!« forderte die Eule, der mit dem Tippen kaum nach kam.

»Ben isch zu flögg?« fragte Jupp.

»Nä, nä«, sagte Eule eifrig, »isch komm met.«

»Also, dä Doktor kött widder renn. Mer stredde us widder, dat eine Wort erjibt dat andere, ung, isch weiß net, wie et passiere kunnt, pack isch die Spritz und däu'sem en dat Krüzz und leere se vollständig. Dä Rest kennt Ihr jo. Dat deet mir alles su schräcklich leed«, jammerte Jupp, der sich ärgerte, daß ihm keine Tränen gelingen wollten.

»Nun beruischt üsch 'ens. Is jo jetz vorbei. Hüürt sich nach Duetschlach im Affekt an. Is net esu schlimm we Mord«, beruhigte ihn die Eule und zog mit großem Schwung das Papier aus der Adler, »hier, dat löss Ihr äsch ens dürsch, ob dat sachlisch alles rischtich es, ung dann deet Ihr dat ongerschrievve.«

Jupp griff völlig zerknirscht nach dem Blatt und las.

»Hm. Sett jot us«, sagte er und unterschrieb.

Die Eule grabschte ihm das Geständnis aus der Hand und wollte gerade den Raum verlassen, als Al eintrat.

»He, Alfons!« jubelte die Eule und wedelte mit Jupps Geständnis vor Als Nase. »Rat mal, wat ich hier hab!«

»Wieviel Chancen habe ich denn?«

Kunz überlegte einen Moment und antwortete: »Drei!«

»Hm«, machte Al, der es in der Öffentlichkeit vermied, mit seinem Kollegen gesehen zu werden, »ein weißes Blatt Papier.«

»Falsch, dat heißt rischtisch, aber net janz.«

Al sah Jupp an, der schmierig vor sich hin grinste. »Ein weißes Blatt Papier, das du betippt hast. Richtig?«

»Richtig.«

»Ah, jetzt weiß ich: Du führst heimlich ein Tagebuch! So ist es doch, du alter Schlawiner?!«

Eules Gewinner-Lächeln verschwand. »Woher weißt du dat?«

»Ich hab's Korrektur gelesen«, log Al, der weder Interesse an Kunz noch an seinem Tagebuch hatte, von dessen Existenz er bis jetzt nicht einmal gewußt hatte.

»Du häss wat?!«

»Waren ganz schön viele Fehler drin.«

»Dat darfst du net, du kleiner Aasch. Dat sach isch dem Herrn Hauptkommissar!«

»Der hat's auch schon gelesen«, gab Al trocken zurück.

»Oh, nein!« jammerte Kunz. »Hat er wat gesagt?«

»War ganz schön sauer«, sagte Al.

»Aber, warum denn? Isch hab ihn doch nur lobend erwähnt.«

»Hat gesagt, du wärst ein Schleimer, ein unkollegialer.«

Die Eule hockte sich seufzend auf den Stuhl hinter der Adler, stützte seinen Kopf auf die Hände und starrte auf das Papier. Dann raffte er sich wieder auf.

»Aber dat hier bringt misch wieder nach oben«, sagte er mit neuem Mut und wedelte erneut mit dem Blatt Papier.

»Was ist es denn?« fragte Al.

»Du hast noch zwei Versuche!«

Al legte einen kurzen Moment scheinbar heftigsten Nachdenkens ein. Dann gab er auf. »Kunz, du bist einfach zu clever für mich. Sag's mir!«

»Dat hier ist« – Kunz verharrte einen Moment, als wollte er die diesjährigen Oscar-Gewinner verlesen – »das Geständnis des Verdächtigen Josef Schmitz!«

»Donnerwetter, Kunz! Du Teufelskerl!« rief Al mit übertriebenem Erstaunen. Kunz lächelte selig und drückte ihm das Papier in die Hand. Al las, gab zwischendurch seiner Abscheu über dieses widerliche Verbrechen Ausdruck, unterdrückte ein Lächeln, als er die Unterschrift sah, und gab Kunz das Papier zurück.

»Ich finde, so gute Neuigkeiten sollte sofort der Chef erfahren.«

»Dat find ich auch«, nickte Kunz, nahm das Papier und ging. Al und Jupp sahen ihm nach.

»Mann, wann kann ich endlich nach Hause?« fragte Jupp.

»Ich weiß auch nicht, was der Scheiß hier soll«, erklärte Al bedauernd.

»Das könnten wir ja auch alles morgen machen, oder?«

Al nickte. »Hast du 'ne Ahnung, was der alte Jungbluth hier soll?« fragte er Jupp.

»Woher soll ich das wissen! Bin ich der Bulle oder du?«

Al zuckte mit den Schultern. »Ich dachte nur. Komisch ist das schon.«

»Wo ist er jetzt?«

»Zusammen mit Schröder in seinem Büro.«

Jupp dachte nach. Was hatte Jungbluth mitten in der Nacht in der Dörresheimer Polizeiwache zu suchen? Konnte er Aussagen zum Tod des Doktors machen? Wenn ja, welche? Und überhaupt, woher wußte er vom Tod des Doktors? Wenn Schröder ihn angerufen hatte, warum wartete er nicht bis zum Morgen mit der schlechten Nachricht? Und wurden direkte Angehörige oder Verwandte nicht zuerst alarmiert? Sogar Christine hätte so gesehen mehr Recht auf eine schlechte Nachricht zu dieser Uhrzeit. Jupp fand, daß das entschieden zu viele Fragen ohne plausible Antworten waren. Al hatte vollkommen recht: komisch war das schon.

»Ich geh jetzt nach Hause!« bestimmte Jupp, der endlich schlafen wollte.

»Das geht nicht!« gab Al zurück. »Erst, wenn Schröder sein Okay gibt.«

»Dann hol Schröder!«

Noch bevor Al aufstehen konnte, öffnete Schröder die Tür.

»Kann ich gehen?« fragte Jupp.

»Sie sind ja ein echter Komiker!« meinte Schröder freundlich und hielt das Blatt Papier hoch, das Kunz ihm gebracht hatte.

»Da stimmt jedes Wort!« beharrte Jupp.

Schröder sah noch einmal auf das Geständnis und betrachtete die Unterschrift.

»Hm«, grinste er, »habe ich als Kind auch gern gesehen.«

Jupp gähnte. »Da wir so viele Gemeinsamkeiten haben, können wir uns ja morgen auf einen kleinen Plausch zusammensetzen.«

»Bestimmt sogar«, stimmte Schröder zu, »da wäre nur noch eine Kleinigkeit.«

»Was denn noch?«

»Nichts Besonderes, nur Ihre Fingerabdrücke.«
»Was ist damit?«
»Nichts. Wir hätten sie nur gerne.«
»Warum?«
»Routine, Herr Schmitz, bloß Routine.«
»Kann ich dann gehen?«
»Großes Indianer-Ehrenwort!« sagte Schröder und lächelte dabei gewinnend.
»Na, dann, hauen Sie mal rein!« erwiderte Jupp müde.

Schröder ging wieder raus, brauchte ein paar Minuten und kam mit einem Stempelkissen und zwei Blatt Papier zurück.

»So«, sagte er väterlich und drückte Jupps Daumen fest auf das Papier, »jedes Fingerchen in das richtige Kästchen.«

Kurz bevor Jupp gehen wollte, fragte Schröder Al, warum Kunz ständig etwas von »Besserung« stammelte.

Al schüttelte den Kopf: Er wußte es nicht.

Der Eifel-Garrett

Das Telefon klingelte bereits eine halbe Minute, zum zweiten Mal in dieser Nacht, als Jupp dämmerte, daß gewisse Leute ein gewisses Interesse haben mußten, ihn nicht schlafen zu lassen. Wer auch immer anrief, konnte ihm nun den Buckel runterrutschen. Er versuchte wieder einzuschlafen, mußte aber feststellen, daß es dieses Mal wohl der penetranteste Anrufer aller Zeiten war, der auch nach eineinhalb Minuten noch nicht aufgab.

»Was?!« schrie Jupp sauer in die Muschel, um die nervtötende und schlafraubende Klingelei zu beenden.

»Ich bin's, Al.«
»Was soll die Terrorschaltung? Befehl vom Chef?«
»Hör bitte genau zu. Ich habe wenig Zeit.«

Jupp wußte nicht genau, was ihn mehr beunruhigte: Als unmißverständliche Aufforderung oder die leise Bedrohung, die in seiner Stimme lag.

»Was gibt es denn?« fragte Jupp, jetzt schon viel freundlicher.

»Schröder hat deine Fingerabdrücke mit denen auf der Spritze verglichen: Sie stimmen überein. Außerdem hat sich noch Frau Stritzke, die Nachbarin des Doktor gemeldet. Sie will dich gesehen haben, und sie will Schreie gehört haben, als du Bannings Haus in der Nacht besucht hast. Aber sie sah dich nicht wieder herauskommen.«

Al machte eine kurze Pause. »Stimmt das, Jupp?« fragte er besorgt.

»Ja, das läßt sich wohl kaum verleugnen. Gab's sonst keine Fingerabdrücke?«

»Nein, nur die des Doktors«, antwortete Al, der immer noch sehr besorgt klang, »hast du mit dem Tod des Doktors etwas zu tun?«

»Was glaubst du denn?«

»Natürlich nicht!« empörte sich Al.

»Dann frag nicht so 'n Scheiß!«

»Schröder sieht das etwas anders«, erklärte Al ruhig.

»Wieso?«

»In einer halben Stunde, um sieben Uhr, ist offizieller Dienstbeginn. Dann wird Schröder kommen und dich festnehmen.«

»Was?!«

»Sieht nicht gut aus«, seufzte Al.

»Woher wußtet ihr überhaupt von dem Mord?« fragte Jupp.

»Wir haben einen anonymen Anruf bekommen. Vermutlich die Stritzke, jedenfalls eine Frau.«

»Habt ihr die Stimme aufgenommen?«

»Nein. Der Ruf kam nicht über 110, sondern in der Polizeiwache rein. Die Anrufe schneiden wir nicht mit.«

»Al, das ist doch ein abgekartetes Spiel!«
»Du meinst, weil der alte Jungbluth da war?«
»Allerdings. Damit dürfte wohl auch klar sein, wer die Informationen in eurem Computer gelöscht hat. Schröder war's, und Jungbluth hat ihm dazu die Anweisung gegeben.«
»Aber, warum sollte er das machen?«
»Warum, warum? Wie kommt Kuhscheiße aufs Dach? Wie wär's mit Bestechung?«
»Wenn das so ist, sieht's wirklich schlecht für dich aus!«
»Verdammt, Al! Was soll ich jetzt tun?«
»Wenn Schröder dich erwischt, gehst du erst einmal in Untersuchungshaft. Bei der Beweislast gegen dich dürftest du dort auch bis zum Prozeß bleiben.«
»Hast du noch das Fläschchen?« fragte Jupp abrupt, weil er keine Lust hatte, sich den möglichen Ausgang des Prozesses vorzustellen.
»Ja.«
»Du mußt es untersuchen lassen. Aber mit Hochdruck!«
»In Ordnung. Kann mein Schwager machen.«
»Al?« fragte Jupp leise. »Was soll ich tun?«
Al atmete schwer, dann antwortete er: »Hau ab!«

Sie verabredeten noch Treffpunkte, damit sie in Verbindung bleiben konnten, dann legte Jupp auf und sprang aus dem Bett. Er griff nach Kleidung, die an ungemütlichen Februartagen Wärme versprach, und zog die meisten Sachen doppelt an. Zum Schluß tauschte er seinen Mantel gegen eine dicke Daunenjacke, steckte eine Pudelmütze ein und hastete in die Küche. Der Kühlschrank offenbarte nicht gerade ein Festmahl, aber Jupp schlang das, was da war, hungrig hinunter und steckte sich ein paar Landjäger und eine Büchse Wasser ein.

Dann zog er los, verließ Dörresheim zu Fuß. Als er die letzten Häuser hinter sich gelassen hatte, begann er zu laufen, sprang von der Hauptstraße und rannte über eine Wiese. Vor ihm bäumte sich der Dörresheimer Wald auf, der das Städtchen fast vollständig umgab. Nach wenigen hundert Metern verschlang Jupp das Dickicht, das eigentlich keines mehr war, da die Äste und Büsche kahl und kalt in den Himmel ragten. Trotzdem war Jupp nach zwei Metern nicht mehr von außen zu sehen. Er huschte durchs Unterholz, konnte schon bald schneller laufen, da ihm kaum noch Hecken und Büsche im Wege standen. Der Boden war auch hier festgefroren, obwohl der enge Mischwald die Kälte kaum hereinließ. Nach einem knappen Kilometer hielt Jupp an und verschnaufte, weil die eisige Luft in seinen Lungen stach. Er stützte sich mit beiden Händen an einer Buche ab und atmete schwer. Speichel lief ihm über die Lippen, so daß er mehrmals ausspucken mußte. Das Zahnfleisch des Unterkiefers meldete einen unangenehmen Schmerz, Blut hämmerte in seinem Schädel, ließ ihn glauben, daß ihm jeden Moment ein paar Äderchen platzen würden. Er brauchte knapp fünf Minuten, um sich zu erholen.

Bevor sich Jupp wieder aufmachte, verriet ihm sein Zeitmesser, daß es gerade erst sieben Uhr war. Eigentlich müßte seine Flucht noch unentdeckt sein. Er lief weiter, rannte über eine Lichtung, die einmal ein Platz harmonischer Abenteuerspiele seiner Kindheit gewesen war, und verschwand wieder im Wald, erreichte kurz darauf ein Weizenfeld. Festgefrorene, umgegrabene Erde – Zeugin einer prima Ernte aus dem letzten Herbst. Jupp hastete über die braune Kruste des Feldes und steuerte auf das Ziel seiner Flucht.

Die Scheune erschien aus der Ferne wesentlich kleiner, als sie wirklich war. Sie war schmucklos, braune Latten, die teilweise nicht bündig schlossen, wenigstens vier Meter hoch und acht tief. Ein rechteckiger Kasten mit einem alten, aber dichten Dach. Die Tür war nicht verschlossen. Gute, alte Eifel – nicht jede Tür mußte hier vor diebischen Händen verschlossen werden.

Jupp schloß die Tür hinter sich, Geruch von altem Stroh waberte in der Luft. Zwei Drittel des Strohs waren aufgebraucht worden, der Rest war säuberlich in Ballen vor ihm aufgetürmt. Alle zwei Meter führte eine Leiter nach oben. Jupp nahm die Leiter, die am nächsten zum Strohberg stand, und kletterte nach oben, sprang von dort aus auf einen Strohballen.

Jupp kletterte weiter, bis er fast das Dach erreicht hatte, begann sich einen Weg nach hinten freizuräumen, sortierte Ballen um, stapelte sie möglichst unauffällig an verschiedenen Stellen des Strohberges. Nach knapp zwanzig Minuten hatte er sich einen Weg herausgearbeitet, der zu einem Nest führte, das gut zwei Meter hinter der Front lag.

Jupp kroch rückwärts hinein und zog dabei einen Ballen nach, der den Eingang bündig verschloß und neugierige Blicke abhielt. Mit dem Po zuerst rutschte er nach hinten und plumpste in das Loch, das eine Ballenschicht tiefer als der Eingang lag. Das Stroh dämmte gut, so daß Jupp nach einer halben Stunde den Reißverschluß seiner Jacke öffnen konnte. Er schaute wieder auf die Uhr. Der große Zeiger zeigte auf die zwölf, der kleine auf die acht. Die Jagd war also eröffnet, er konnte endlich ausruhen. Das dämmerige Licht und die stickige Luft schenkten ihm endlich den Schlaf, nach dem er sich so gesehnt hatte.

Jupp schreckte hoch, griff sich an das Schultergelenk, das nicht mehr schmerzte, als ihm wieder einfiel, wo er war. Er hatte geträumt: Er stand in einer wunderschönen alten Kapelle und hörte den Hochzeitsmarsch. In der ersten

Bank auf der rechten Seite standen Al, Käues, sein Bruder und ein bißchen bucklige Verwandtschaft. Auf der anderen Seite stand nur der alte Jungbluth. Jupp drehte sich um, sah eine Braut mit einem sehr dichten Schleier, einem herrlich altmodischem Brautkleid und einer Orangenblüte über der Brust. Nach ein paar Schritten stand die Braut neben ihm, ohne ihn dabei anzusehen, und verharrte. Ein Pfarrer, den Jupp nicht kannte, fragte Jupp, ob er die neben ihm stehende Christine Jungbluth zur Frau haben wollte. Schnell sagte Jupp: »Ich will.« Und auch Christine antwortete, daß sie wollte. Aus welchen Gründen auch immer verzichtete man auf einen Austausch von Ringen, und der Pfarrer forderte Jupp freundlich auf, die Braut zu küssen. Jupp hob den Schleier, sah die dunklen Augen Christines, die schlanke Nase, den vollen Mund und... einen üppigen Schnäuzer, den sie sich offensichtlich hatte wachsen lassen.

»Nun, junger Freund, wollen Sie sie nicht küssen?« fragte der Pfarrer geduldig.

»Ähem, ich weiß nicht«, antwortete Jupp skeptisch, »fällt Ihnen nichts an ihr auf?«

»Jupp!« zischte Christine böse.

»Nein«, sagte der Pfarrer.

»Sie hat einen Schnäuzer«, beharrte Jupp.

»Und?«

»Aber...« Jupp brach ab, schloß die Augen und küßte Christine leidenschaftlich. Verwirrt dachte er, daß der Schnäuzer gar nicht so schlecht war, als er die Augen wieder öffnete, um ihr etwas hoffnungslos Romantisches zu sagen.

Käues stand mittlerweile neben ihnen – im Trikot des SV Dörresheim.

»Das Spiel fängt an«, drängte er, »können wir endlich?«

Jupp schaute sich um. Die Mannschaften hatten Aufstellung genommen und warteten darauf, daß er das Spiel eröffnete. Jupp war jetzt nackt, Christine ebenfalls und der Dörresheimer Sportplatz, auf dem sie plötzlich standen, so gut besetzt wie noch nie.

Da stand er nun, Jupp, der Stürmer, mit seiner alten Mannschaft und eröffnete das Spiel. Ohrenbetäubendes Geschrei dröhnte vom Spielfeldrand, als die nackte Christine sehr geschmeidig und kraftvoll den Ball eroberte, die ganze Abwehr austanzte und am herausstürzenden Sebastian Zingsheim vorbei den Ball einschob, was nicht schwierig war, weil der schielende Idiot sich offensichtlich die falsche von den beiden nackten Christines, die er sah, aussuchte.

Jupp meckerte Käues an, wie so etwas passieren konnte, Käues meckerte Jupp an, woher er wissen sollte, daß Weiber fußballspielen können, Al sprang dazwischen und schlug vor, sie beim nächsten Angriff zu erschießen, und Schröder, der den Schiedsrichter gab, zeigte ihm dafür die Gelbe Karte. Das Spiel ging weiter, seltsamerweise mit einem Anstoß für Christines Elf, und Vater Jungbluth donnerte den Ball direkt ins Tor. Jupp flüsterte Käues zu, daß sich Vater Jungbluth damit Käues' Spezialität verdient hätte.

Beim nächsten Angriff ließ Käues Vater Jungbluth über die Klinge springen und handelte sich für sein Eisbein die Rote Karte ein. Es entstand ein Gemenge, weil Käues Schröder klarmachen wollte, was er von seiner Entscheidung hielt. Jupp wachte auf, als Käues versehentlich ihn traf, weil Schröder sich bei Käues' Huppe-Käues in Luft aufgelöst hatte.

Mittlerweile war es zehn nach drei. Draußen schien alles ruhig zu sein. Jupp glaubte nicht, daß ihn jemand hier suchen würde. Al wollte kommen, wenn Schröder ihn in Ruhe ließ. Er hatte zwar Nachtdienst gehabt, aber Al hatte gemeint, daß dies Schröder scheißegal wäre, wenn er spitz bekommen hatte, daß Jupp getürmt war. Sobald Al frei hatte, wollte er versuchen, die Flüssigkeit analysieren zu lassen. Der Mann seiner Schwester war Biologe und arbeitete an der Universität Köln. Al wollte ihm ein Märchen auftischen, damit er das Zeug untersuchte. Jupp hoffte inständig, daß Al etwas erreichte.

Gegen zwanzig Uhr knarrte die Tür. Jupp hatte gedöst, war aber sofort hellwach, als er das Geräusch hörte, lauschte angestrengt, konnte aber keinen weiteren Ton ausmachen. Es war wieder ruhig.

»Jupp?«

Jupp hüpfte schnell aus seinem Nest, stieß sich den Kopf an einem Ballen und kroch in den kurzen Gang, zögerte. Die Stimme schien ihm nicht vertraut.

»Jupp?« wiederholte die Stimme, diesmal etwas energischer.

Jupp drückte den Ballen, der sein Nest verschloß, vorsichtig heraus. Draußen war es stockdunkel, nicht einmal das Tor war zu sehen.

»Jupp?« rief die Stimme. »Bist du da?«

»Al! Gott sei Dank. Ich habe deine Stimme nicht gleich erkannt. Wo steckst du? Ich kann nichts sehen!«

»Ich bin immer noch an der Tür!«

Jupp tastete sich langsam vorwärts. Hätte er sich doch den Weg nach unten besser eingeprägt! Ein Sturz aus knapp drei Metern Höhe, und er konnte sich mit gebrochenen Beinen stellen – sozusagen. Zentimeter um Zentimeter kroch er auf die Seitenwand zu, fühlte ihr Holz und fummelte an den Brettern entlang. Er atmete kurz durch, als er das eckige Holz der Leiter spürte.

»Al! Komm hier rüber!« flüsterte er, als er wieder festen Boden unter den Füßen hatte. Jupp streckte die Arme in die Dunkelheit. Nach ein paar Sekunden fühlte er Als Schultern.

»Setzen wir uns.«

Sie setzten sich und lehnten ihre Rücken an die Scheunenwand.

»Und?« fragte Jupp ungeduldig. »Was hast du rausbekommen?«

»Ich hab Gottfried erzählt, daß wir dringend eine Analyse als Beweis brauchen, daß unsere Labors überlastet wären und vor morgen früh nichts erledigen können. Ich hab ihm natürlich gesagt, daß er Knete dafür kriegt ...«

»Spar dir das. Was hat er herausbekommen?«

»Na ja«, ließ sich Al nicht beirren, »er hat mir kein Wort geglaubt, hat aber gesagt, daß er sich's ansieht und keine Fragen stellt. Er hat versprochen dichtzuhalten. Auch meiner Schwester gegenüber.«

»Kann man ihm trauen?«

»Ich denke schon.«

»Also, was hat er rausgekriegt?«

»Hat natürlich rumgemeckert, daß in so kurzer Zeit eine vernünftige Analyse nicht möglich ist. Immerhin konnte ich ihm sagen, daß du es aus einem Schweinestall hast. Er meinte, daß er morgen nachmittag eine erste, halbwegs brauchbare Analyse hat. Reicht das?«

»Ja«, nickte Jupp, »ich denke schon. Was hat die Obduktion des Doktors ergeben?«

»Die sind noch nicht fertig. Aber der Arzt, der am Tatort war, glaubt, daß ihn das Gift geradezu aus den Socken gehauen haben muß. Viel gelitten hat er jedenfalls nicht.«

»Was ist mit dem Fläschchen? Habt ihr das zweite Fläschchen bei dem toten Doktor gefunden?« fragte Jupp.

»Sah es genauso aus wie das, was ich Gottfried gegeben habe?«

»Ja.«

»Nein«, sagte Al, »kein Fläschchen.«

»Verdammt!« zischte Jupp. »Der Mörder hat's mitgenommen. Wart ihr im Labor?«

»Ja.«

»Und habt ihr Sachen beschlagnahmt?«

»Nein, warum auch. Aber die Türen sind versiegelt.«

»Paß auf. Du mußt noch einmal ins Labor ...«

»Jupp, spinnst du? Schröder ist so heiß, daß er mit der flachen Hand ein Hemd bügeln könnte. Der läßt Käues und deinen Bruder observieren, hat sich das Okay für ein paar Fangschaltungen geben lassen. Solltest du irgendwo anrufen, sag bloß nicht, wo du bist. Schröder hat niemandem gesagt, wo er mithört.«

»So wie's aussieht, geh entweder ich in den Knast oder er.« Jupp machte eine Pause.

»Trotzdem. Geh ins Labor. Such dort nach Aufzeichnungen, vielleicht ein Tagebuch oder etwas Ähnliches. Wenn er Versuche gemacht hat, hat er Aufzeichnungen. Sollte er einen Computer haben, nimm die Disketten mit. Alle! Anschließend versiegelst du die Tür von neuem. Du mußt noch heute nacht rein. Ich kann nur hoffen, daß es nicht zu spät ist.«

»Oh, Mann«, seufzte Al, »wenn ich nicht genau wissen würde, daß du unschuldig bist ...«

»Danke. Du hast was gut bei mir.«

»Ja«, sagte Al, »das kommt mir bekannt vor.«

»Hör mal«, fing Jupp wieder an, »ihr habt den Tatort doch ziemlich genau untersucht, oder?«

»Ja, natürlich!«

»Habt ihr zufällig irgendwo Reste von Hundescheiße gefunden?«

»Hundescheiße?«

»Ja.«

»Nein, keine Hundescheiße. Wie kommst du darauf?«

»Nur so 'ne Idee.«

Al griff nach der Schulter seines Freundes. »Apropos Hundescheiße ...«

»Ja?« fragte Jupp.

»Schröder will die Gegend absuchen lassen. Er ist der Überzeugung, daß du dich in der Nähe aufhältst.«

»Sieh mal an«, lächelte Jupp.

»Er will Hundestaffeln ausschwärmen lassen.«

»Habt ihr denn so viele Hunde?«

»Nein. Aber er hat Verstärkung angefordert!«

»Was soll das denn schon wieder heißen?«

»Er hat jetzt ein paar, ähem ... Hilfssheriffs!«

»Für wen hält der sich eigentlich? Pat Garrett? Was sagt eigentlich der Staatsanwalt zu der Aktion?«

»Ich glaub, der hat nicht die geringste Ahnung.«

»Wunderbar, auch das noch! Wer macht mit?«

»Irgend so 'ne Einsatztruppe.«

»Was heißt das, Al?« fragte Jupp gedehnt.

»Ähm, nun, das sind ... also ...«

»Stotter hier nicht rum!«

»Also nett sind die Jungs nicht!«

»Nicht nett?« fragte Jupp neugierig.

»Äh, nein. Eher das Gegenteil. Das sind so Typen, die ..., wie soll ich sagen, haben Erfahrung mit dem Aufspüren von Verbrechern und so ... na ja, wenn die so fix mit ihrem Kopf wie mit ihrer Wumme wären, würde ich mir auch keine Sorgen ...«

»Red nicht weiter! Ich bin im Bilde«, würgte Jupp hervor.

»Die sind nicht immer scheiße. Oft geht auch alles glatt«, gestand Al kleinlaut.

»Wie oft?«

Al zögerte »Na, oft eben!« Er war ein noch schlechterer Lügner als Jupp.

»Wenn ich dann also zusammenfassen darf: Schröder jagt einen Haufen von schießwütigen Knochenbrechern hinter mir her?«

»So schießwütig sind die nun auch wieder nicht!« protestierte Al schwach.

»Oh, nein, natürlich nicht«, sagte Jupp freundlich, »Ich bin sicher, daß ich nicht lange leiden muß.«

Beide schwiegen einen Moment.

»Hast du noch einen letzten Wunsch?« fragte Al, entschuldigte sich dann gleich für die Frage, die man gegebenenfalls auch mißverstehen konnte.

»Nein. Aber tu, was ich dir gesagt habe. Wir treffen uns gegen Mitternacht wieder hier. Ich nehme an, daß Schröder bis zum Morgengrauen wartet. Vorher gehst du bitte noch zu einer Apotheke.«

Halali

Kurz nach Mitternacht schlich Alfons ein zweites Mal in die Scheune, und Jupp kroch ein zweites Mal aus seinem Nest, stieß ein zweites Mal erleichtert Luft aus, als er wieder festen Boden unter den Füßen hatte.

»Alles gutgegangen?« fragte Jupp in die Dunkelheit.

»Ja«, flüsterte Al.

»Warst du bei Banning?«

»Ja.«

»Und?«

»Die Siegel waren noch unverletzt, als ich ankam. Ich bin in sein Labor und hab nach Aufzeichnungen gesucht, aber es war bereits jemand vor mir da gewesen. In einem Ständer bewahrte der Herr Doktor eine ganze Reihe von Reagenzgläsern auf. War wohl ein ordentlicher Mensch, denn er hatte jede einzelne numeriert. Die Zahlen 17 bis 23 fehlten. Ein Buch oder sonstige Aufzeichnungen habe ich nicht gefunden. Danach bin ich in seine Wohnung. In seinem Schlafzimmer steht ein Computer, den habe ich angeschaltet. Es war noch eine Diskette drin, also habe ich reingesehen, was drauf ist. Die Diskette war leer, ich nehme an, gelöscht. Auf der Festplatte habe ich auch nichts gefunden. Ich wollte schon ausmachen, da fiel mir was auf: der Computer war ein Macintosh!«

»Na, und?«

»Macs sind sehr leicht zu bedienen!«

»Schön. Ich werde mir gleich morgen einen kaufen.«

»Warte, warte. Sie sind auch sehr leicht zu bedienen, was das Löschen von Informationen betrifft. Der Bildschirm zeigt einen kleinen Papierkorb, wo man Überflüssiges reinwerfen kann. Man markiert das, was man löschen will, packt es mit dem Cursor und schmeißt es in den Papierkorb. Nur, damit sind die Informationen nicht endgültig verloren. Unser Mörder hat vor lauter Panik, oder weil die Zeit knapp wurde, vergessen, auch den Papierkorb zu leeren. Jedenfalls war das Symbol auf dem Bildschirm prall gefüllt. Ein untrügliches Zeichen dafür, daß etwas drin ist.«

»Und, was war drin?«

»Ein Ordner, und darin eine Tabelle. Namen und Zahlen. Lehmann steht auch da.«

Al tastete nach Jupps Hand. »Hier, die Diskette.«

»Danke«, sagte Jupp, »wurde sonst noch etwas geklaut?«

»Vermutlich nicht«, antwortete Al, »nur das.«

»Warst du in der Apotheke?«

»Ja. Hat ein bißchen komisch geguckt, der Apotheker, aber ich hab's bekommen.«

»Hast du's in den Mixer getan?«

»Auch das. Willst du mir nicht sagen, was du damit vorhast?«

»Wo ist das Zeug?«

Al gab Jupp den Beutel. Das Pulver war weiß, das konnte er sogar in der Finsternis sehen.

»Wunderbar!« freute sich Jupp. »Falls du morgen zur Hundestaffel gehörst, solltest du lieber nicht in die Scheune gehen.«

»Okay«, sagte Al, obwohl er kein Wort verstand. »Was ist mit den Beweisen?«

»Was soll damit sein?«

»Willst du sie nicht irgendeiner Dienststelle übergeben?«

»Nein. Das ist noch zu wenig. Außerdem ist mein Vertrauen in die Polizei auf einen Wert gesunken, der weit unter Null liegt. Anwesende natürlich ausgeschlossen!«

»Trotzdem!« beharrte Al. »Denk an die Jagd. Schlimmer kann ...«

»Nein!« unterbrach Jupp ihn heftig. »Das ist was Persönliches!«

Al schwieg. Da war nichts zu machen. Sie verabredeten Treffpunkte zu bestimmten Zeiten an bestimmten Orten, dann machte Al sich wieder auf die Socken.

Kurz vor Morgengrauen wachte Jupp aus einem traumlosen Schlaf auf und fühlte sich frisch. Er konnte mit seinen Vorbereitungen beginnen.

In dieser Nacht war auch Schröder aktiv gewesen. Allerdings nicht mehr dienstlich. Als Vorstandsmitglied des Dörresheimer Schützenvereins galt es, das nächste Osterschießen vorzubereiten. Zwar stand dieses erst in knapp sechs Wochen an und es hatte seit Jahren keine organisatorischen Änderungen an der traditionellen Veranstaltung für Jedermann gegeben, aber Vorstandssitzung war Vorstandssitzung und wo organisiert werden konnte, da war Schröder nicht weit. Also organisierte der sechsköpfige Vorstand bei Bier und Stephinsky das Ostereierschießen.

Nach einer halben Stunde war alles erledigt, und man ging nahtlos zum letzten Punkt der Tagesordnung über: geselliges Beisammensein.

Heinz Nettekove gab als Vereinsvorsitzender wie immer das Trink-Tempo an.

»Renn en dä Kopp, et darf net schmecke!« forderte er von seinen Schützenbrüdern energisch, stürzte erst den Stephinsky herunter und spülte dann mit einem Kölsch nach.

»Maria!« donnerte er durch den Schankraum des *Dörresheimer Hofes*. »Runde!«

Dann sah er Schröder an. »Ung? Jitt et jet Neuet?«

Schröder schaute glasig zurück. »Du meens dat mit demm Schmitz?«

»Hat ihr denn att en Spur?«

Schröder zuckte mit den Schultern. »Dä es affjehaue!«

»Dat pass zu demm, dä dräckilije Honk!« nickte Nettekove. »Ävver, wat wollt ihr dann jetz donn?«

»Morje jonn mä en söke!« stellte Schröder fest.

»Oh, dat es jot. Könne mer helpe?«

Schröder schüttelte den Kopf. »Mer wär dat och leever mit üsch, ävver isch hann en Spezi-Trupp anjefordert.«

Nettekove nickte beeindruckt seinen Vorstandsfreunden zu, die neugierig lauschten.

»Je S Je nöng?« fragte einer neugierig.

Schröder sah ihn gequält an. »Schäng, bes du doll? Glöövst du, die jevve mir die Je S Je nöng für ne kleene Schmierfink?«

Nettekove winkte ab. »Es doch ejal. Wo wollt ihr dann söke?«

Schröder umklammerte fest sein Glas. »Isch ben sischer, dä hält sich he irjentwo verstäck. Dat es keene, der witt fottlööf!«

Dann kippte er sein Kölsch auf Ex. »Isch muß jonn. Morje werd ne haade Tach für misch!«

»Weso dat dann?« fragte Nettekove unschuldig.

»Hürst du me dann ja net zo? Isch jonn morje mit dä Spezi-Trupp loss ung sök dä Schmitz!«

»Isch tät die me'ens jän aanluure«, sagte Nettekove. »Von wo jot ihr dann loss?«

»Vum Roathuusplatz, nöng Uhr!«

Nettekove nickte Schröder zufrieden zu. »Vell Spaß, dabei.«

Dann ging Schröder. Nettekove wartete noch einen Moment, dann stand er auf und sah seine Schützenbrüder feierlich an: »Kamerade! Isch glööv, me hann ne außerördentlische Tagesordnungspunkt!«

Der Rest des Vorstandes grinste.

»Loss oss noch e letztes Kölsch drinke, e paar Sache bespreche un dann no Huss jonn. Morjen wird ne haade Tach für oss!«

Hauptkommissar Schröder hatte seine Beamten um halb neun auf den Rathausplatz gebeten.

Jetzt stand er vor ihnen, die Hände in die Hüften gestützt, und sprach: »Männer! Ihr wißt, daß wir einen Mörder suchen, Verzeihung, einen mutmaßlichen Mörder. Ich möchte jeden von euch bitten, nichts auf eigene Faust zu riskieren, der Gesuchte könnte bewaffnet sein. Wie ich sehe, haben wir genügend Hunde. Das ist gut. Leider konnten uns die umliegenden Dienststellen nicht mehr Beamte und Spürhunde stellen.«

Vor ihm standen etwa dreißig blasse Beamte, die zustimmend murmelten. Niemand von ihnen trug eine Uniform, sondern alle bequeme, reißfeste, grün-schwarz gescheckte Hosen und dazu passende Jacken. Um die Taillen hatten die Männer Koppel geschnallt, an denen Taschen baumelten, darin waren Waffen, die nicht gerade nach den Standard-Pistolen normaler Polizisten aussahen. Tatsächlich schien jeder Beamte seine eigene Waffe zu besitzen.

Ein Gesamtbild, was sich außerordentlich schmuck machte, fand Schröder. Das hier war das echte, das wirkliche Leben – endlich. Hier stand er, ein paar Männer um sich geschart, einen Mörder zu fassen. Heimlich bedauerte er, daß er nicht allein losgezogen war, das wäre fairer gewesen: Mann gegen Mann. Hier das Gesetz, dort das Verbrechen. Nur er und Jupp...

Schröders Hand glitt unwillentlich nach unten und faßte die kühle Schwere seiner Dienstwaffe. Ja, nur er und Jupp: Pat Garrett gegen Billy the Kid...

Nur widerwillig kehrte er von den unendlichen Weiten der texanischen Steppe nach Dörresheim zurück und nahm Luft, um seine Jungs heiß zu machen: »Wir werden uns in drei Gruppen aufteilen. In jeder Gruppe werden mindestens zehn Beamte...«

»Hauptkommissar Schröder! Hauptkommissar Schröder!« Ein Junge von etwa dreizehn Jahren lief auf die Gruppe zu.

»Was ist, Junge? Wir haben zu tun!«

»Ich habe den Verdächtigen gesehen!«

Aufgeregtes Gemurmel.

»Wo?« fragte Schröder streng.

»In der Nähe des Ortsschildes, wo's nach Münstereifel geht!«

»Bist du sicher, Junge?«

»Ja. Ganz sicher. Er wollte sich ins Städtchen schleichen. Als ich ihn sah, ist er gleich weggelaufen. Aber ich bin ein Stück hinter ihm her. Er ist über die Wiese, zurück in den Wald!«

Schröder lächelte. »Das hast du gut gemacht, Junge! Falls wir ihn kriegen, ist dir eine Belohnung sicher!«

Schröder winkte einen Untergebenen zu sich.

»Polizeimeister Bürger hat Kleidungsstücke des Verdächtigen. Ich möchte, daß jeder Hundeführer sein Tier daran schnuppern läßt!«

Bürger verteilte Pullover, Hemden, sogar getragene Unterhosen an die Hundeführer, die es ihren Tieren auf die Nase preßten.

Der Junge lächelte stolz, und ein Mann, den niemand der Anwesenden beachtet hatte, schlich sich weg, steckte sich aber vorher noch ein Unterhemd von Jupp in die Tasche.

Schröder winkte noch zwei Beamte heran. Al war einer von ihnen. Der Hauptkommissar legte Al eine Hand auf die Schulter und sah ihm fest in die Augen. »Polizeiobermeister Meier!« sagte er herrisch und lächelte dabei. »Sie sind vorläufig festgenommen!«

»Was? Warum denn?« fragte Al entsetzt.

»Beihilfe zur Flucht. Erst einmal. Mal sehen, was wir noch alles dranhängen. Breuer! Nehmen Sie diesen Mann in Gewahrsam!«

Der zweite Beamte zückte seine Handschellen und legte sie Al an, packte ihn an der Schulter und schubste ihn vorwärts.

»Fertig?!« rief Schröder seiner Truppe zu.

Ein vielkehliges, freudiges »Ja!« beantwortete seine Frage.

»Mir nach!« rief Schröder.

Als sie den Dorfrand erreicht hatten, wo der Junge Jupp gesehen haben wollte, befahl Schröder die Hunde nach vorne. Die Tiere jaulten, hechelten und bellten aufgeregt und nahmen Witterung auf, die Menschen folgten ihnen.

Schröder stolzierte in breiter Front mit seiner Spezialeinheit in Richtung Dörresheimer Wald, hielt seinen

Trupp vor dem kahlen Geäst noch einmal an, um ein paar letzte – allerdings auch ziemlich belanglose – Instruktionen zu geben. Dann nahmen sie der Fährte wieder auf.

Als Schröder frohgemut schon so eine erste Ahnung hatte, wohin ihn die Hunde führen würden, hörte er ein Horn. Er befahl seinem Trupp zu stoppen und lauschte. Das Horn wurde ein zweites Mal geblasen, und Schröder erkannte darin das Halali: das Ende der Treibjagd. Dann hallte eine ganze Kanonade von Schüssen durch den Wald.

»Scheiße!« zischte der Hauptkommissar und lief los.

Nach fünf Minuten erreichte er mit seinem Spezialtrupp die Scheune, wo er auf ein Inferno von kläffenden Hunden und wild ballernden Dörresheimer Schützenbrüdern traf, die eifrig die Scheune unter Beschuß hielten.

»Feuer einstellen!« rief Schröder wütend.

Die Schützen taten ihm den Gefallen. Schröder suchte unter den rund zwanzig Schützen Heinz Nettekove und fand ihn mit schmauchendem Vorderlader in der Hand.

»Schäng!« schrie Schröder, jetzt schon außer sich vor Wut. »Häss du se noch all?«

Nettekove sah ihn fragend an. »Wieso dat dann?«

»Wat glöövst du dann, wat du hier deest?«

»Na, wat wohl?« zuckte Nettekove mit den Schultern und deutete auf die Scheune. »Schießübungen!«

Erst jetzt sah Schröder, daß die Schützen einen Haufen Kreidekreise auf die Scheunenwand gemalt hatten. Sie hatten sie großflächig auf der Wand verteilt, sogar unter dem Giebel waren ein paar unsichere Kreise gezeichnet worden.

»Ihr habt aus der Scheune ein Sieb gemacht, ihr Idioten!« schrie Schröder Nettekove an.

»Was ist jetzt?« drängelte ein Beamter der Spezialtruppe, der an Schröder herangetreten war. »Sollen wir die Scheune stürmen oder nicht?«

»Hau ab!« schrie Schröder hysterisch. Der Beamte trollte sich. Dann wandte sich Schröder wieder zu Nettekove.

»Schießübungen! Soso«, lächelte der Hauptkommissar böse, »im Februar. Auf eine Scheune!«

Nettekove schluckte und sah sein Gegenüber unsicher an.

»Willst du mich verscheißern!« Schröders Stimme überschlug sich. »Ihr stellt euch jetzt hinter meine Truppe, und dann will ich keinen Mucks mehr hören! Ist das klar?!«

Nettekove nickte schüchtern und winkte seine Kameraden heran. »Ihr habt es ja gehört! Stellt euch da hinten hin!«

»Warte!« fuhr Schröder dazwischen. »Eure Hunde könnt ihr hier lassen.«

Dann wies er seinen Leuten ihre Positionen zu und griff nach einem Megaphon. »Schmitz! Wie Sie vielleicht bemerkt haben, ist die Scheune umstellt! Sollten Sie zufälligerweise noch am Leben sein, dann kommen Sie mit erhobenen Händen heraus!«

Nichts rührte sich.

Schröder befahl einen Beamten zu sich. »Kann sein, daß er sich bewaffnet hat. Laßt die Hunde zuerst rein. Dann wissen wir, ob er es ist!«

Der Beamte nickte, winkte die Hundeführer zu sich und schlich mit ihnen zur Scheunentür. Schröder warf Nettekove einen weiteren bösen Blick zu und versuchte, sich zu beruhigen. Die Männer nahmen ihren Hunden die Leinen ab und hielten sie an den Halsbändern. Der Beamte stand bereits an der Tür, die Klinke in der Hand und sah von Mann zu Mann. Jeder beantwortete seinen Blick mit einem kurzen Nicken. Dann riß er die Tür auf, die Hunde sprangen bellend ins Innere und stürzten sich auf ein Hemd, das Jupp seinen Verfolgern zurückgelassen hatte. Schröder wartete einen Moment, dann gab er den Befehl, die Scheune zu stürmen.

Die Scheune glich einem kleinen Wintermärchen. In der Luft wirbelte weißer Staub, der Boden war weiß wie nach dem ersten Schnee. Als die Männer sich endlich in die Scheune gezwängt hatten, jaulten die Hunde bereits jämmerliche Weihnachtslieder.

»Verdammte Schweinerei!« zischte Schröder wütend. »Was ist hier eigentlich los?«

Er blickte um sich und dann nach oben. An einem der Dachbalken baumelte eine leere Tüte. Auf dem Boden schlängelte sich unter feinem Staub eine Kordel, die von den Strohballen abgerissen worden war. Wie ein schlecht verlegtes Kabel unter einem Teppich wand sie sich zur Scheunentür, wo sie an einem alten Nagel im oberen Drittel der Tür geknotet worden war, aber jetzt schlaff herunterhing.

Die Männer sahen ihren Führer ratlos an. Schröder atmete schwer, griff sich an den Hals, der sich wie durch Geisterhand zusammenzuziehen schien, spürte ein unangenehmes Brennen in seinen Augen.

»Raus hier!« schrie Schröder und stürmte aus der Scheune.

Die Männer folgten ihm, hustend, die jaulenden Hunde hinter sich herschleppend.

Draußen setzte sich Schröder ins Gras, versuchte durchzuatmen, aber seine Nase war verstopft. Seine Augen brannten mittlerweile wie Feuer. Den anderen Männern ging es nicht besser. Auch sie japsten nach Luft, rieben sich die Augen und fluchten lauthals, soweit sie Luft dazu hatten.

»Männer!« krächzte der Hauptkommissar. »Sofort nach Hause! Wascht euch die Augen aus. Dieser Teufel hat die Scheune mit Alaun gepudert. Es ist nicht gefährlich, aber die Hunde können wir jetzt vergessen. Ich glaube nicht, daß die bis morgen einen Schmorbraten von einem Scheißhaufen unterscheiden können. Das Gleiche gilt übrigens auch für uns. Los! Abmarsch!«

Die Meute setzte sich in Bewegung, Schröder vorneweg, der leise in sich hineinschimpfte. Dafür würde jemand büßen müssen. Jemand, der diesem Teufel gesagt hatte, daß er eine Hundestaffel organisiert hatte. Der Verräter aus ihren eigenen Reihen.

Als die Tür zur Arrestzelle aufflog, sagte Al gerade einen »Grand Hand, Schneider« an. Seine beiden Kollegen sahen erschrocken zu Schröder, der fast den gesamten Türrahmen ausfüllte. Wutschnaubend blinzelte der Hauptkommissar Al an. Offensichtlich hatte Schröder keinen guten Tag gehabt.

»Raus!« donnerte Schröder die beiden Beamten an, die die Karten fallen ließen, als wäre Säure daran. Hastig standen sie auf und huschten an ihrem Chef vorbei, der ihnen einen Spalt in der Tür offen ließ, wo sie sich durchzwängen konnten. Als sie draußen waren, knallte Schröder die Türe zu.

»Das haben Sie sich ja fein ausgedacht, Sie und Ihr Freund Schmitz!«

»Was denn?« fragte Al so unschuldig wie möglich.

»Markieren Sie hier nicht den Blödmann, Meier!« schrie Schröder. »Sie wissen genau, wovon ich rede!«

»Ehrlich, Chef. Ich habe keine Ahnung!«

Schröder blinzelte ihn feindselig an. »So? Ich bin sicher, der Apotheker, von dem Sie das Alaun haben, wird Sie bestimmt wiedererkennen!«

Al schluckte. Er hatte sich eine Spiegelbrille aufgesetzt und eine Mütze tief ins Gesicht gezogen, als er Jupps Auftrag ausführte. Trotzdem war er sich nicht sicher, ob seine Maskerade ausgereicht hatte.

»Ich weiß immer noch nicht, wovon Sie reden!« gab Al zurück. »Außerdem würde mich interessieren, warum ich festgenommen wurde.«

»Weil ihr befreundet seid, Sie Arschloch! Deswegen! Verscheißern Sie mich ruhig weiter! Sie sollten sich lieber schon einmal überlegen, was für ein Job Ihnen noch gefallen könnte. Natürlich erst, wenn man Sie wieder aus dem Gefängnis entlassen hat!« Schröder beruhigte sich wieder etwas.

»Es sei denn«, fuhr er dann fort. »Sie sagen uns, wo wir Schmitz finden. Dann erkläre ich mich bereit, die Sache zu vergessen.«

»Ist das Ihr Angebot?« fragte Al.

»Ja. Sie haben mein Wort darauf. Wenn wir Schmitz kriegen, sind Sie frei. Ich könnte mir sogar vorstellen, daß sich dann auch ein weiteres Sternchen auf Ihre Schultern gesellt.«

»Habe ich Bedenkzeit?«

»Nein!« schrie Schröder und fügte fast freundlich an: »Nein. Keine Bedenkzeit.«

Al überlegte einen Moment. Knast oder Beförderung. Das war hier die Frage. Er entschied sich: »Okay. Ich sag's Ihnen und vertraue darauf, daß Sie Ihr Wort halten.«

Schröder lächelte zufrieden.

»Na, also. Endlich kommen Sie zur Vernunft. Natürlich können Sie sich auf mein Wort verlassen.«

Schröder schaute erst Al an, dann auf die Tür und wunderte sich, daß sie sich noch nicht verbogen hatte. Er konnte wirklich abscheulich schwindeln.

Der sprechende Busch

Jupp hatte nicht darauf gewartet, ob seine kleine Überraschung für Schröders Meute Erfolg hatte oder nicht. Es war noch Alaun übrig, für den Fall, daß nicht alle Hunde die Scheune betreten hatten. Dann und wann griff er in seine Daunenjacke und verstreute etwas davon. Seine Augen brannten mittlerweile auch. Er hatte sich zwar ein feuchtes Taschentuch vor Mund und Nase gebunden, konnte aber nicht vermeiden, daß sich Staub auf seine Augen setzte. Das Mineralwasser, das er sich vor seiner Flucht zu Hause eingesteckt hatte, konnte das Brennen etwas lindern. So wie er Schröder einschätzte, brauchte Jupp die Hunde nicht mehr zu fürchten. Schröder hatte sie mit Sicherheit alle in die Scheune gehetzt, damit sie ihn ordentlich zerbeißen konnten.

Jupp sah auf seine Uhr. Um drei Uhr wollte er sich mit Al treffen. Weit über fünf Stunden Zeit, die er überbrücken mußte. Solange es hell war, konnte er es nicht wagen, Dörresheim zu betreten. Aber die Dunkelheit würde ihm ausreichend Schutz für einen Besuch geben.

Der gute SPD-Müller würde sich bestimmt freuen, mit ihm einen Kaffee zu trinken. Müller würde etwas Musik auflegen, das Licht dämmen, und dann würde er ihm alles haarklein von der Kungelei erzählen. Mit den Informationen von Als Schwager hätte Jupp genug beisammen, Dörresheim endlich auszumisten.

Jupp lief einen weiten Bogen um Dörresheim und wechselte die Talseite. Dichtes Nadelholz schützte ihn hier vor schnüffelnden Jagdgenossen. Als Kind hatte Jupp hier Buden gebaut, kannte jeden Quadratzentimeter dieser Gegend. Schröder und Jungbluth mußten wirklich sehr dumm sein, wenn sie glaubten, daß sie ihn hier – auf heimischem Terrain – finden könnten.

Der Himmel hatte sich zugezogen, und kalter Regen pladderte auf seinen Kopf. Jupp zog sich seine Pudelmütze tief ins Gesicht und huschte vom Waldweg ins Nadelholz, kämpfte sich gut dreißig Meter ins Dickicht und fand eine Stelle, die genügend Platz bot, daß er hier ausharren konnte. Der Regen drang sehr schwach durch die Tannen. Jupp zog die Pudelmütze vom Kopf und wartete.

Kurz vor drei machte er sich auf den Weg, schlich zurück auf den Waldweg und folgte ihm in östlicher Richtung. Nach gut dreihundert Metern sprang er zurück in die Tannen und kämpfte sich knapp fünfzehn Meter vorwärts. Die Tannen schluckten soviel Licht, daß es ebensogut später Abend hätte sein können.

Jupp blickte nach vorne. Durch das Geäst drang Licht wie aus vielen kleinen Löchern. Er kroch langsam weiter und spähte durch eines der Löcher auf die kleine Lichtung: Al war noch nicht da. Jupp konnte kein Geräusch ausmachen, außer Regen, der hart auf die Lichtung schlug.

Gut zwanzig Minuten später kroch er zurück. Um sechs Uhr war das zweite Treffen vorgesehen.

Jupp wartete also noch zwei Stunden und machte sich dann auf zum neuen Treffpunkt, lief den Pfad zurück, den er am Morgen gekommen war, wechselte aber nicht die Talseite. An der Südspitze Dörresheims machte er halt und entfernte sich in nordöstlicher Richtung von seiner Heimat, scheute dabei die Waldwege. Es regnete immer noch. Das Nadelholz war wieder in Mischwald übergegangen, der Jupp nur wenig Schutz vor der kalten Nässe bot. Als er an einer Grillhütte hoch über Dörresheim haltmachte, war er bereits völlig durchnäßt. Er mußte näher an die Hütte, als er eigentlich vorgehabt hatte, aber das Licht war schwach, und das schlechte Wetter verbesserte nicht gerade die Bedingungen. In zehn Minuten würde Al kommen, der hoffentlich etwas zu essen mitbrachte. Die paar Landjäger, die er gestern morgen mitgenommen hatte, hatten nicht lange vorgehalten.

Jupp wartete, doch Al kam nicht.

Jupp beschloß, seine Pläne zu ändern. Kurz vor halb

acht war es dunkel genug, daß er es wagen konnte, durch Dörresheim zu schleichen. Die Straßen waren ruhig, nur der Regen trommelte unablässig seinen monotonen Rhythmus auf Dächer und Straßen. Jupp wich den Straßenlaternen so gut es ging aus, sprang auch nicht von Schatten zu Schatten, sondern ging zügig wie jemand, der vor dem Schmuddelwetter nach Hause floh. Später in der Nacht würde der Regen bestimmt in Schnee übergehen. Die Aussichten waren so schlecht wie das Wetter, leider.

Die Balduinstraße war eine kurze Sackgasse, die an einem Wendehammer endete. Sie hatte direkten Kontakt zur Dörresheimer Hauptstraße. Werbeschilder wiesen hungrigen Autofahrern in beiden Fahrtrichtungen den Weg zu Currywurst und Pommes frites. Ein paar Häuser säumten die kleine Straße. Im Wendehammer störte kein Haus mehr den Blick auf die Landschaft. Eine mächtige Eiche stand hinter Käues' Frittenbude, daneben ein paar Sträucher. Hinter der Frittenkiste fiel eine Wiese leicht ab und führte zum Bett der Erft, die schwarz und glänzend gluckerte und platschte. Am Horizont erhob sich duster der mächtige Schornstein der Jungbluth-Werke.

Jupp spähte vorsichtig um die Ecke. Käues' Bude strahlte ihn freundlich an. Der Friteusenmeister selbst saß halb auf der Theke und las Zeitung. Knapp fünfzehn Meter weiter rechts, in der Biege des Wendehammers, stand ein alter Ford, in dem sich zwei Schattenköpfe nur wenig bewegten.

Guter Käues, dachte Jupp dankbar, ich kann mir schon denken, warum du immer noch Dienst schiebst. Du erwartest noch einen Kunden.

Er schlich zurück bis zur nächsten Straße, die von der Dörresheimer Hauptstraße abzweigte, lief einen weiten Bogen um die Häuser am Stadtrand, bis er an die Stelle kam, von der er Käues' Bude wieder sehen konnte. Den alten Ford konnte Jupp nicht mehr ausmachen, die Sträucher standen im Weg. Geduckt und im Laufschritt, huschte er über die Grünfläche. Die letzten Meter zu Käues' Bude robbte er. Hinter der Kiste atmete Jupp durch. Bis jetzt lief alles nach Plan. Er lauschte, aber Schröders Bullen hatten scheinbar keinen Hunger, dann klopfte er leise an die Rückwand der Frittenkiste und horchte ein paar Sekunden, bevor er ein zweites Mal klopfte. Im Inneren hörte er Bewegung. Käues klapperte mit Geschirr, hatte ihn also gehört. Jupp schlich hinter einen Busch, weg vom alten Ford. Hoffentlich hatte Käues wirklich kapiert.

Zwei Minuten später schoß Licht ins Dunkel. Die Budentür hatte sich geöffnet, und Käues trat zwei Stufen herab ins Freie. Jupp pfiff kurz und leise. Käues streckte sich, hielt das Gesicht in den kalten Regen und vertrat sich die Beine, schlenderte gemütlich die Hecke entlang, auf Jupps Versteck zu. Der Mann im alten Ford drehte die Scheibe herunter und lugte mißtrauisch zu Käues herüber. Der winkte dem Mann im Ford kurz zu und drehte sich dann wieder um.

»Stell dich hierhin und tu, als ob du pissen müßtest!« wisperte Jupp vorsichtig.

Käues stellte sich an den Busch und öffnete seinen Hosenstall. Der Mann im Ford drehte die Scheibe wieder hoch.

»Hallo, Busch! Du kannst sprechen?!« flüsterte Käues und drehte dabei sein Gesicht vom Ford weg.

»Laß den Quatsch! Wo ist Al?«

»Festgenommen!«

»Du mußt . . was zum Teufel machst ... halt nach links ... los, nach links ... Gott, kann das denn sein? Du solltest so tun, als ob!« zischte Jupp wütend und rieb sich die rechte Hand an seiner Daunenjacke.

»Tut mir leid, Busch. Aber die Kälte und das leise Plätschern der Erft. Ich konnte mich ...«

»Halt die Klappe!«

Jupp atmete noch einmal durch. »Geh zu Als Schwager. Frag nach den Ergebnissen der Analyse. Wenn du das Haus wieder verläßt, schmeißt du das, was Als Schwager hoffentlich aufgeschrieben hat, in den Vorgarten unter die große Tanne. Wenn's nur mündlich ist, wirst du's Wort für Wort aufschreiben und in was Wasserfestes packen. Klaro?!«
»Jau!«
»Bis wann hast du's erledigt?«
»Eine Stunde. Busch?«
»Was?«
»Christine war hier.«
»Was wollte sie?«
»Sie sagte, an dem Tag, wo mich fremde Büsche ansprechen, soll ich sagen, daß sie helfen will.«
»Wann und wo?«
»Zu jeder vollen Stunde, von 20 bis 24 Uhr. Alter Spielplatz, hinter dem Sportplatz.«
»Danke. Geh jetzt nach Hause. Schließ die Tür von deiner Kiste nicht ab. Ich habe Hunger.«
»Setz ich dir auf die Rechnung.«
»Hau ab.«
Käues schüttelte noch einmal kräftig, schloß den Reißverschluß seiner Hose und schlenderte zurück in seine Bude. Nach fünfzehn Minuten erlosch das Licht, das den Wendehammer schwach beleuchtet hatte. Kurze Zeit später tauchte Käues im Eingang auf, schloß die Tür hinter sich, nestelte am Schloß und latschte auf den alten Ford zu.
Die Scheibe fuhr herunter, und ein Kopf erhob sich aus dem schwarzen Wageninneren. Jupp verstand nicht, was Käues sagte, sah aber, wie der Kopf nickte und Käues in den Wagen sprang. Die Scheinwerfer flammten auf, und Jupp preßte sich in den Matsch. Es roch nach Urin. Zwei Lichtfinger zielten über ihm in die Nacht, fegten über ihn

hinweg und verschwanden. Jupp sah dem Ford nach. Die Rücklichter flackerten an der Hauptstraße kurz auf, dann bog der Ford ab und beschleunigte ins Schwarze.

Jupp sprang auf, sah sich noch einmal verstohlen um und öffnete Käues' Bude. Das große Vorhängeschloß war nur lose ineinandergesteckt. Als er den Geruch von altem Fett und Fritten roch, glaubte er, noch nie etwas Appetitlicheres in der Nase gehabt zu haben.

Zwanzig nach acht hatte Jupp aufgehört zu schlingen, pappsatt. Er mußte sich etwas beeilen, um rechtzeitig zum alten Spielplatz zu kommen. Leise wie ein Schatten verließ er Käues' Bude. Der Regen hatte zugenommen, Jupp war jetzt noch kälter als vorher. Auf der Hauptstraße war nichts los.

Er überquerte die Fahrbahn und drückte sich an der Häuserfront vorbei. Nach gut vierhundert Metern, als er sich schon dem Ortsausgang von Dörresheim näherte, führte ein kleiner Feldweg steil den Berg hinauf. Jupp sprang in die schützende Dunkelheit des unbeleuchteten Weges und folgte ihm, ständig im Matsch ausrutschend. Alle zwanzig Meter machte er eine Pause, wartete eine Minute, bis sich sein Atem und sein Puls wieder beruhigt hatten. Gut zehn Minuten dauerte es, bis er den Sportplatz erreichte. Jupp konnte ihn nicht sehen, wußte aber, daß er da war, lief um ihn herum, traf auf eine asphaltierte Straße, die parallel zur Torauslinie verlief.

Jupp seufzte. Vor ihm schlängelte sich eine Serpentine. Sie war nicht so steil wie der Feldweg, dafür aber länger.

Fünf Minuten vor neun hatte er ein Versteck ausgemacht, von dem er auf den alten Spielplatz hätte blicken können, wenn es genügend Licht gegeben hätte. Ein Weg führte auf einen kleinen Parkplatz, der neben dem alten Spielplatz lag. Eine Autosperre trennte den unnatürlichen Asphalt von natürlichem Wald. Jupp kauerte hinter einem Baum, bedauerte sich selbst, weil nicht einmal Bisamratten so viel Regen schätzten, geschweige denn bei so einem Wetter vor die Tür gingen.

Da stand er nun im Dschungel, mitten in einem Kriegsgebiet – doch, wo war das Kamerateam? Wo war Ulrich Wickert, dem er berichten konnte? Wo waren die Zuschauer der ARD? Wo die Kollegen, die den Dschungel-Experten ehrfurchtsvoll um Rat fragten? Die einzigen, die etwas von ihm wollten, waren die Dörresheimer Polizei und der Schützenverein – aber die wollten wohl keinen schlauen Kommentar, jedenfalls nicht, bevor sie ihm eine Ladung Schrot in den Hintern gejagt hatten.

Punkt neun hörte Jupp ein Geräusch, sah gleich darauf zwei Scheinwerfer. Der Wagen glitt zügig, aber leise auf den Parkplatz. Das Geräusch war tief und schnurrend, verebbte dann im Nichts. Als letztes erlosch das Licht, schließlich kehrte Stille ein. Jupp schlich vorsichtig aus seinem Versteck, lief einen kleinen Bogen um das schwarze, tropfende Auto und spähte durch die Rückscheibe. Ein Kopf auf der Fahrerseite war zu erkennen, sonst nichts. Jupp umrundete den Kofferraum bis zur Beifahrerseite. Auf dem Rücksitz lag niemand, auch der Soziussitz war frei. Der Fahrer hatte ihn noch nicht bemerkt: Regen und Dunkelheit waren Jupps Trümpfe. Allerdings konnte er nicht entscheiden, ob eine Frau oder ein Mann hinter dem Steuer saß. Die schlechten Sichtverhältnisse waren auch die Trümpfe des Fahrers.

Jupp griff nach dem Türgriff und hielt inne.

Plötzlich schnellte die Hand des Fahrers nach vorne und drehte den Zündschlüssel. Die rote Kontrolleuchte der Batterie im Armaturenbrett zeigte sich kurz. Darauf hatte Jupp gewartet. Er öffnete die Tür und sprang hinein.

»Gott! Jupp!« schrie Christine erschrocken auf, als sie den Eindringling erkannte.

»'tschuldige«, sagte Jupp, »aber ich mußte erst sicher gehen, daß du es bist.«

»Ich glaube nicht, daß die Polizei teure Mercedesse fährt.«

»Die Schlauheit des Fuchses wird oft überschätzt, weil man ihm die Dummheit der Hühner als Verdienst anrechnet.«

Christine lächelte, was Jupp in der Dunkelheit aber nicht sehen konnte. »Wie geht es dir?«

»Gut, eigentlich. Eine Kuh hat mich aufgespießt, ein Schläger verprügelt, ein Freund hat mir einen Nagel in den Arsch gerammt, Schröder hetzt Hunde und Schützenbrüder auf mich, der Rest von Dörresheim haßt mich, ich bin auf der Flucht, klatschnaß, dreckig, stinke wie ein Wasserbüffel und stehe unter Mordverdacht.«

Christine schaute wieder nach vorne. »Entschuldige, war eine blöde Frage.«

»Du willst mir helfen?«

»Ja«, sagte sie leise.

»Warum?«

»Weil ich glaube, daß du unschuldig bist.«

»Wieso? Alles spricht doch gegen mich. Ich konnte deinen Doktor nicht leiden. Ich war am Tatort, bin sozusagen in flagranti ertappt worden!«

»Ich kenne meinen Vater, Jupp. Ich kann mir schon denken, was passiert ist. Die beiden waren sich nämlich auch nicht grün. Mein Vater fürchtete, daß Mark nur scharf auf die Firma war. Mark war sehr ehrgeizig, aber unvermögend. Sie haben sich oft gestritten deswegen.«

»Und?«

»Gestern nacht hörte ich meinen Vater weggehen. So gegen eins. Ich war schon fast eingeschlafen, als die Tür ins Schloß fiel. Ich stand auf und sah nach. Mein Vater war weg. Er kehrte so gegen vier zurück. Ich bin aufgewacht, weil er – du kennst ihn ja ein bißchen – nicht eben rücksichtsvoll die Tür schloß. Ich hab ihn gefragt, wo er sich herumgetrieben hat, aber er hat nicht groß geantwortet, nur was von Firma gemurmelt. Ich bin wieder ins Bett gegangen. Am nächsten Morgen habe ich dann gehört, was passiert ist und daß du auf der Flucht bist. Da habe ich beschlossen, dir zu helfen.«

»Warum tust du das alles?«

Christine griff nach Jupps Hand. »Das werde ich dir später sagen, du Dummkopf«, sagte sie warm.

Sie zog die Hand wieder zurück, langte auf den Rücksitz zurück und kramte eine Handtasche nach vorne. »Ich gebe dir Papiere, die dir weiterhelfen. Mein Vater führt beinah pedantisch Buch über regelmäßige Zahlungen an honorige Herren von Dörresheim. Schwarz, versteht sich. Er schmiert so ziemlich jeden hier, der ihm irgendwann nützlich sein könnte.«

Sie reichte Jupp die Papiere, ließ sie aber nicht los. »Du mußt mir etwas versprechen!«

»Was?«

»Mein Vater darf nicht ins Gefängnis. Es reicht, wenn er freiwillig von seinem Firmenvorsitz zurücktritt. Bitte, Josef! Laß es damit gut sein!«

»Was ist mit dem Mord?«

»Bitte!« flehte Christine. »Bin ich nicht diejenige, die das meiste Interesse an der Aufklärung haben müßte? Bitte, nicht mein Vater. Es ist Strafe genug, wenn er seine Machtposition nicht mehr für seine krummen Geschäfte ausnützen kann.«

»Gut. Gib mir deine Handtasche. Ich will nicht, daß die Papiere naß werden.«

Christine rutschte zu ihm herüber und schlang einen Arm um seinen Hals. Jupp fühlte plötzlich ihre Lippen auf den seinen, die Zunge, die leidenschaftlich in seinen Mund glitt. Jupp erwiderte den Kuß.

»Danke!« hauchte sie glücklich.

»Schon gut«, sagte Jupp, »wo finde ich deinen Vater?«
»Diesmal ist er wirklich in seinem Büro.«
»Habt ihr Wachpersonal?«
»Ja.«
»Du mußt mich reinbringen.«
Christine nickte.
»Ist in den Bürogebäuden noch jemand außer deinem Vater?«
»Dort nicht, nur im Hof«, antwortete sie.
»Gut«, sagte Jupp, »mach den Kofferraum auf.«

Verlängerung und Elfmeterschießen

Ein Auto, das einem sogar im Kofferraum einen gewissen Komfort versprach, war wohl ein recht teures, vermutete Jupp. Es schluckte willig jede Unebenheit des Bodens, wiegte ihn. Wenn er es genauer betrachtete, bot dieser Kofferraum mehr Bequemlichkeit als sein schäbiger Käfer in der Fahrgastzelle. Zu Jupps Freude hatte Christine das Radio angemacht. »The Thrill is gone«, summte B. B. King durch den Lautsprecher, und Jupp lauschte andächtig. Bisher hatte er nicht gewußt, wozu Kofferraumlautsprecher gut sein sollten – jetzt wußte er es. Er beschloß, daß sein nächstes Auto auch einen Kofferraumlautsprecher haben sollte.

Christine fuhr zügig, aber nicht schnell. Nach ein paar Minuten hielt der Wagen, und die Musik im Kofferraum ebbte ab. Jemand sprach, Christine antwortete, dann wieder Schweigen. Etwas klapperte, gab quietschend nach. Das Rolltor fuhr auf. Die Musik wurde wieder lauter, und der Wagen glitt vorwärts. Zwei Minuten später hielt der Wagen ein zweites Mal.

Jupp konnte Christines Gesicht mehr als deutlich sehen, als sie den Kofferraum öffnete. Ungeschickterweise hatte sie fast genau unter einer Laterne geparkt. Sie mußte sich ihrer Sache sehr sicher sein. Jupp kletterte aus dem Kofferraum und verschwand wortlos im Schatten. Christine schloß den Deckel und folgte ihm.

»Die nächste Ecke links«, flüsterte sie und deutete mit dem Finger nach vorn. »Du mußt in den dritten Stock, den linken Flur durch. Einfach geradeaus. Die letzte Tür.«

»Ist der Eingang offen?«
»Wenn mein Vater noch drin ist, ja.«
»Besitzt er Waffen?«
»Nein.«
»Laufen die Wachen Patrouille?«
»Erst ab Mitternacht.«
»Gut. Warte hier auf mich.«
Jupp schlich los.
»Jupp?«
»Ja?«
»Denk an dein Versprechen! Kein Gefängnis für meinen Vater!«
»Ich habe es nicht vergessen.«

Jupp erreichte das Ende der Halle, vor der Christine geparkt hatte. Er spähte um die Ecke. Das Bürogebäude war dunkel und ohne Licht besonders schmucklos. Eine kleine Treppe führte hinauf zu zwei Schwingtüren. Zwei Laternen waren die einzigen Lichtquellen, die den asphaltierten Vorplatz glitzern ließen. Rechts und links vor der Treppe konnte Jupp Parkbuchten erkennen. In einer dieser Parkbuchten stand ein weinroter Jaguar. Scheinbar war Jungbluth noch nicht nach Hause gefahren.

Jupp rannte los, erreichte nach wenigen Sekunden die Treppe, nahm die ersten drei Stufen auf einmal, sprang noch einmal über zwei Stufen und griff nach einer Hälfte der Schwingtüre. Sie gab nach, und Jupp verschwand in der warmen Dunkelheit des Foyers. Eine Treppe zu seiner Linken führte weiter hinauf. Die Wand vor ihm schmückte kein Bild. Gänge zweigten sich ab. Rechts mußte der Platz der Empfangsdame sein. Er war genauso schmucklos wie das Gebäude im ganzen.

Im zweiten Stock huschte Jupp in einen der Flure, die auch hier rechts und links abgingen. Nach zehn Minuten tauchte er wieder auf und nahm die letzte Treppe.

Schon aus der Entfernung war zu sehen, daß im letzten Zimmer noch jemand arbeitete. Licht schimmerte unter dem Türspalt. Jupp hatte damit gerechnet, daß wenigstens die Tür des Chefs prunkvoller wäre als alle anderen Türen, doch Manfred Jungbluth beanspruchte das gleiche eintönige Mausgrau seiner Angestellten.

Auf Zehenspitzen schlich Jupp bis ans Ende des Ganges und horchte, aber kein Geräusch war zu vernehmen. Er guckte durch das Schlüsselloch, konnte aber nur einen leeren Sessel erkennen. Eine Minute stand Jupp da und lauschte, dann drückte er die Klinke herunter.

Manfred Jungbluth hatte den nächtlichen Besucher nicht kommen hören. Er stand mit dem Rücken zur Tür vor einem mächtigen Regal voller Aktenordner und blätterte in einem. Jupp schaute sich um. Das Büro strotzte nur so vor guter deutscher Eiche. Der Eindringling staunte nicht schlecht über so viel Geschmacklosigkeit. Konservativismus und deutsche Häßlichkeit hielten sich die Waage.

»Hübsches Büro«, sagte Jupp laut.

Manfred Jungbluth drehte sich um und lugte über eine Brille, die weit vorne fast auf seiner Nasenspitze saß. Er zeigte keine Gefühlsregung.

»Freut mich, daß es Ihnen gefällt«, entgegnete er ruhig und deutete mit einer Handbewegung an, daß sein Gast sich setzen sollte.

Jupp plumpste in den Ledersessel vor dem mächtigen Schreibtisch. Jungbluth legte den Ordner weg und setzte sich auf seinen Chefstuhl, kreuzte die Finger und stützte die Ellbogen auf seine Arbeitsunterlage. Dann sah er Jupp fest in die Augen. »Ich bin sehr enttäuscht von Ihnen, Herr Schmitz. Mark war ein guter Junge!«

»Tatsächlich?« fragte Jupp interessiert.

»Ja, mein Lieber. Er hatte seine Fehler, zugegebenermaßen, aber alles in allem war er ein guter Junge.«

»Warum hätte ich ihn denn töten sollen?«

Jungbluth sah Jupp ernst an, dann antwortete er: »Aus Liebe! Sie sind verliebt in Christine. Jeder ist das. Meine Tochter scheint jedem Mann den Kopf verdrehen zu können, wie es ihr gerade paßt. Ich habe gehört, daß Sie nach der Ratssitzung Händchen mit ihr gehalten haben, im Café Breuer. Ich bin sicher, wir finden einen Zeugen dafür. Sie rufen also Mark in jener Nacht an, oder er hat sie angerufen, als er davon hörte. Ist ja auch völlig gleich. Sie wollen nur mit ihm reden. Er provoziert Sie, verhöhnt Sie, weil Sie sich in Christine verliebt haben und so weiter und so weiter. Mark konnte sehr gemein sein, eine Eigenschaft, die ich oft bei ihm beobachtet habe. Er versteckte seine ganze Unsicherheit hinter seiner Arroganz. Na ja, Sie werden wütend, er auch. Sie fangen an, sich anzuschreien, nehmen die Spritze und jagen sie ihm in den Rücken!«

»Ich würde Ihnen vorschlagen, Sie nehmen mein Geständnis, das ich der Polizei bei meinem Verhör diktiert habe. Das ist glaubwürdiger!«

Jungbluth schüttelte den Kopf. »Wen interessiert schon Glaubwürdigkeit? Sie haben meinen zukünftigen Schwiegersohn umgebracht. Das jedenfalls werde ich Richter Keller am nächsten Sonntag beim Golf erzählen!«

»Oh, der Richter ist auch einer Ihrer Spielgefährten? Kompliment, was man für ein paar Mark alles kaufen kann!« lächelte Jupp sicher.

»Sehen Sie. Ich bin nicht der Mann, der es gewohnt ist,

auf den Zufall zu hoffen. Es ist immer gut, wenn man Menschen hat, die einem in schweren Zeiten helfen können.«

»Hm«, machte Jupp, »da ist nur schwer gegen anzustinken. Gemeinsam ist man stark, nicht wahr?«

»Sie sagen es. Aber es gäbe da freilich noch eine zweite Möglichkeit«, fuhr Jungbluth ruhig fort.

»Die da wäre?« fragte Jupp.

»Wie Sie sich vorstellen können, habe ich viele Freunde. Wie der Zufall es will, sucht ein guter, alter Freund einen Pressereferenten für seine Fabrik. Liegt in der Nähe von München. Sehr schöne Landschaft da, wird Ihnen gefallen. Aber Sie müssen sich schnell entscheiden. Ich könnte mir vorstellen, daß Sie in einer halben Stunde zu Hause sind, die Koffer packen, danach ein bißchen Geld abheben, zum Euskirchener Bahnhof fahren und abhauen. Ihre Sachen werden Ihnen nachgeschickt, um die anderen Formalitäten brauchen Sie sich nicht zu kümmern, das machen wir schon für Sie. Es ist ein sehr schöner Posten, gut dotiert. Sie werden ein neues Leben anfangen. Ich finde, das ist ein Angebot, das man sich auf der Zunge zergehen lassen kann, ein Mann in Ihrer Lage!«

»Gar nicht schlecht. Gibt's noch Bedingungen?«

»Nur eine kleine. Sie werden Dörresheim nie wiedersehen!«

»Noch was?«

»Wenn Sie das Gefühl haben, weiterhin Ärger machen zu müssen, wird das Verfahren gegen Sie wieder eingeleitet.«

»Habe ich eine Wahl?«

»Nein.«

Jupp überlegte kurz. Dann sagte er Jungbluth, wo er sich sein Angebot zergehen lassen könnte.

»Schade!« sagte Jungbluth und griff nach dem Telefon. »Ich hatte eigentlich gedacht, daß Sie klüger sind!«

»Ich würde mir überlegen, ob ich tatsächlich die Polizei anrufe!« grinste Jupp kalt.

»Warum sollte ich das tun?« fragte Jungbluth verwundert.

»Haben Sie sich während der ganzen Zeit, die ich jetzt schon hier sitze, nicht gefragt, warum ich eigentlich hier bin?«

Jungbluth legte den Hörer wieder auf die Gabel. »Gut, dann frage ich jetzt: Warum sind Sie hier?«

»Ich möchte Ihnen einen Handel vorschlagen!«

»Hm. Da bin ich aber gespannt.«

Jupp griff in die rechte Außentasche seiner Jacke und zog ein weißes Blatt Papier vor.

»Das sollte Sie interessieren.«

Jungbluth nahm das Papier entgegen und studierte die Fotokopien seiner eigenen Aufzeichnungen für besondere Aufwendungen im Dienstleistungsbereich. Dann sah er wieder zu Jupp auf. »Woher haben Sie das?«

»Gefunden«, antwortete Jupp.

Jungbluth lehnte sich zurück in seinen Sessel und schwieg. Es war ihm deutlich anzusehen, daß er nach einer Lösung suchte. Nach einer Weile fragte er: »Was wollen Sie?«

»Sie!«

»Genauer, bitte.«

»Ich möchte vorher erst einmal erwähnen, daß sich die Originale, zusammen mit anderen Beweisstücken an einem sicheren Ort befinden. Sollte ich mich nicht regelmäßig melden, werden sie der Polizei übergeben, mit einer schriftlichen Erläuterung der Zusammenhänge. Ach, sie werden natürlich der richtigen Polizei übergeben.«

»Verschwenden Sie keine Zeit mit überflüssigen Erklärungen. Sie wären nicht hier, wenn Sie sich nicht abgesichert hätten.«

»Gut. Sie werden von Ihrem Posten als Chef der Jungbluth-Chemie zurücktreten. Ich nehme an, Sie halten hundert Prozent des Grundkapitals der Jungbluth GmbH. Diese werden Sie auf Ihre Tochter überschreiben lassen, schließlich soll die Firma ja in der Familie bleiben. Sie können sich eine Leibrente festschreiben, aber Sie werden keine Anteile als Alterssicherung behalten. Alles kapiert?«

Jungbluth lächelte überlegen. »Ich glaube kaum, daß mich dies dazu bewegen könnte, von meinem Vorsitz zurückzutreten, Sie kleine Ratte. Ich denke, ich lasse es darauf ankommen!«

Jupp zuckte mit den Schultern. »Das würde ich auch. Eine Anklage wegen Bestechung würde Sie nicht sonderlich kratzen.«

Jupp lehnte sich vor und sah Jungbluth fest in die Augen. Jungbluth zeigte zum ersten Mal ein Anzeichen von Unsicherheit: Er schluckte.

»Sie haben keine Freunde mehr! Ihre Freunde sind jetzt auch meine Freunde. Oder glauben Sie vielleicht, die riskieren ihren Job, ihr Ansehen und vielleicht sogar ihre Freiheit, weil Sie so 'n netter Kerl sind?! Ich werd Ihnen sagen, was die machen, wenn ich denen Ihre Aufzeichnungen präsentiere: Die werden die Hacken dermaßen zusammenschlagen, daß Sie das Klacken noch in Münstereifel hören können. Niemand wird mehr da sein, der Ihnen in schweren Zeiten unter die Arme greift. Wollen Sie wirklich riskieren, daß ich den Mord an Banning aufkläre? Ich bin ganz schön weit gekommen, viel weiter, als Sie gedacht haben. Finden Sie nicht auch? Überlegen Sie es sich gut! Die Dinge stehen jetzt nicht schlecht für mich. Treten Sie zurück, ist die Sache für mich erledigt.«

Jungbluth schwieg. Jupp konnte mit jedem Atemzug, den sein Gegenüber tat, sehen, wie er immer mehr in sich zusammensackte. Der Fabrikant hatte alle Farbe aus seinem Gesicht verloren, alle Kraft war von ihm gewichen. Vor Jupp saßen mindestens hundert Kilo totes Fleisch.

»Also? Wie lautet Ihre Entscheidung?« fragte Jupp forsch.

Jungbluth kniff die Lippen zusammen, bis nur noch ein dünner Strich zu sehen war, ballte die Fäuste so sehr, das die Knöchel weiß hervortraten.

»Ich höre!« forderte Jupp streng.

Jungbluth nickte kurz mit dem Kopf und löste seine Verkrampfung.

»In Ordnung. Morgen früh um zehn suchen Sie Gerhard Brinner auf. Er ist mein Rechtsanwalt. Mit ihm zusammen werden Sie zu einem Notar gehen und einen Vertrag aufsetzen, der Ihre Tochter zur Firmenvorsitzenden macht. Sie selbst ziehen sich aus dem Geschäftsleben zurück. Brinner wird dann alles weitere veranlassen. Bevor Sie auf seltsame Ideen kommen: Er hat die Beweise nicht. Um halb elf werde ich dort anrufen. Sollten Sie nicht dagewesen sein, übergebe ich die Originale. Verstanden?«

Jungbluth nickte stumm, sah Jupp dabei nicht an. Er wirkte nachdenklich.

»Noch etwas!« fuhr Jupp fort. »Rufen Sie Schröder an, und blasen Sie die Hatz ab. Ich möchte duschen und wieder in einem Bett schlafen.«

Jungbluth griff nach dem Telefonhörer und wählte. Er mußte eine ganze Zeit warten, dann meldete sich jemand, dann mußte er wieder warten. Endlich hatte er Schröder am Telefon.

»Manfred hier« ... »Blas die Fahndung ab, es ist vorbei« ... »Nein, keine Erklärung« ... »Kehr die Sache unter den Teppich« ... »Ja,ja« ... »Routinefahndung« ... »Nein, niemand hält mir eine Pistole an den Kopf, du Blödmann« ... »Ja« ... »Nacht.«

»Sehr gut. Wenn Sie sich an die Regeln halten, wird das Leben weitergehen in Dörresheim, nur, daß Sie nicht mehr die Firma leiten. Das wird jetzt Ihre Tochter tun.«

Jungbluth sagte nichts. Jupp stand auf, ging zur Tür und drehte sich noch einmal um.

»Ist das Ihr Wagen vor dem Gebäude?«

Jungbluth nickte.

»Hübsches Spielzeug! Noch mehr davon?«

»Nein.«

Nun nickte Jupp und verschwand ebenso leise wie er gekommen war. Kurz vor der Treppe drehte er sich noch einmal um. Nichts war zu sehen, nur der schummrige Schein, der wieder friedlich unter Jungbluths Tür hervorkroch. Jupp machte eine Lampe im Flur an und kramte in Christines Tasche, rätselte über die Dinge, die Frauen mit sich schleppen, fand ihr Notizbuch, öffnete es und stieß nach einiger Zeit auf Dr. Dr. Justus Beck und seine Kölner Adresse.

Das Spiel war noch nicht zu Ende, im Gegenteil: Es ging in die Verlängerung, vielleicht auch noch ins Elfmeterschießen.

Jupp schauderte. Er hatte in seiner Fußballkarriere nur einmal einen Elfmeter geschossen – anschließend hatten sie den Ball eine halbe Stunde suchen müssen. Der Ball war – zum allgemeinen Gelächter des Gegners und leider auch seiner eigenen Leute – so hoch übers Tor geflogen, daß er nicht einmal das Fangnetz hinter dem Tor getroffen hatte. Ein zehn Meter hohes Fangnetz hinter dem gegnerischen Kasten. Scheiß Elfmeter, dachte Jupp säuerlich, sonst kommt man ja auch nicht frei zum Schuß. Er verstaute alles und ging, ohne das Licht im Flur zu löschen.

Christine sah ihn fragend an.

»Morgen wissen wir mehr«, erklärte Jupp knapp und öffnete den Kofferraum, »bring mich wieder raus, und laß mich dann ins Freie. Ich gehe zu Fuß nach Hause.«

Der Mercedes rollte wieder ohne Schwierigkeiten an

der Wachmannschaft vorbei. Einige hundert Meter hinter dem Tor hielt Christine und ließ Jupp heraus. Sie wollte wissen, was vorgefallen war, aber Jupp winkte ab.

Er machte sich auf den Weg zu Als Schwager Gottfried. Unter der Tanne fand er ein verschweißtes Plastikbeutelchen. Dann ging Jupp nach Hause, kam gerade noch rechtzeitig, um die Bewachungscrew davonfahren zu sehen.

Auf seinem kleinen Wohnzimmertisch öffnete Jupp den Beutel und las den beigelegten Zettel. Das meiste verstand er nicht, medizinische Fachbegriffe, aber Als Schwager hatte eine kurze, leicht verständliche Zusammenfassung geschrieben. Die Flüssigkeit war eine Art Mastmittel und beschleunigte das Wachstum der Tiere. Die Zusammensetzung der chemischen Stoffe war neu, darunter eine Chemikalie, die der Schwager nicht hatte dingfest machen können. Andere Chemikalien waren altbekannt. Sie bildeten das Fundament der Lösung. Als Schwager glaubte, daß dieses Mittel sehr starke Nebenwirkungen hervorrief. Einige Stoffe deuteten darauf hin, daß Herz- und Nierenschäden zu erwarten waren. Gottfried vermutete, daß die Tiere durch die Behandlungen zu Aggressionen neigten, von einigen Stoffen waren derartige Reaktionen bekannt.

Jupp nickte zufrieden. So etwas Ähnliches hatte er erwartet. Er griff nach dem Telefonhörer und wählte den Weckdienst an. Früher Vogel fängt den Wurm, dachte er müde und sagte der freundlichen Telefonistin, daß sie ihn am nächsten Morgen um sieben Uhr rausschmeißen sollte.

Das Telefon klingelte unangenehm gleich neben seinem Kopf. Eine Frau wünschte ihm einen guten Morgen und gab sich als telefonischer Weckdienst zu erkennen. Jupp bedankte sich und legte auf. Seine Blessuren schienen mehr denn je zu schmerzen. Stöhnend wand er sich aus dem Bett, duschte, zog seinen besten Anzug an, band sich mit Mühe eine Krawatte um und machte sich Kaffee. Heute war der entscheidende Tag: Es wurde Zeit, in Dörresheim aufzuräumen.

Viertel vor acht verließ Jupp das Haus und fuhr zur Polizeiwache. Auf dem Weg dorthin grüßte er freundlich einige Dörresheimer, die ebenfalls grüßten oder nur erschrocken mit dem Kopf nickten. Im Rückspiegel konnte Jupp sehen, wie einige von ihnen zurück in die Häuser huschten. Zweifellos mußten sie dringend telefonieren.

Der Wachhabende der Dörresheimer Polizei nickte ihm freundlich zu. Er hatte sich gerade einen Kaffee gemacht und blätterte in der *Rundschau*.

»Steht was über mich drin?« fragte Jupp.

Der Beamte schüttelte den Kopf. »Schröder hat eine Nachrichtensperre verhängt.«

»Und das hat ausnahmsweise funktioniert?«

»Von uns hat keiner geredet. Die wissen nur, daß Banning tot ist, sonst nichts.«

Jupp fragte nach Schröders Büro. Der Beamte zeigte ihm den Weg.

Schröders Büro war leer, als Jupp es betrat. Eine typisch deutsche Amtsstube, fand Jupp und setzte sich in Schröders Sessel. Bequem, eigentlich zu bequem zum Arbeiten.

Die Tür ging auf, und Schröder betrat sein Büro und nestelte an seinem Hosenstall herum.

»Ts, ts. Schlechte Manieren, Schröder. Die Hose macht man auf dem Klo zu!«

Schröder sah ihn an und lächelte. »Ganz schön mutig, hier aufzutauchen, Schmitz!«

»Tatsächlich?« fragte Jupp ironisch.

»Hm. Ich könnte Sie einbuchten!«

»Schröder«, sagte Jupp bedächtig, »wann, sagten Sie, hat man Ihnen das Gehirn amputiert?«

»Das reicht jetzt aber, du kleiner Schmierfink! Ich ...«

Jupp winkte ab. »Wo steckt Alfons Meier?«

»Sie meinen den Komiker Alfons Meier?«

»Wieso?«

»Nach seiner Festnahme mußte ich ihn etwas unter Druck setzen. Auf jeden Fall erklärte er sich bereit, mit uns – mit mir – zusammenzuarbeiten.«

»Und?«

»Er hat uns gesagt, wo wir Sie finden würden. Er hat aber vergessen zu erwähnen, daß für ihn der Begriff der Ehrlichkeit, wie soll ich sagen, interpretierbar ist.«

»Wie der Herr, so 's Gescherr.«

»Auf jeden Fall haben wir knietief in der Scheiße gestanden, weil uns Herr Alfons Meier zu einem Besuch in der Kanalisation geraten hat. Ein wirklich mieser Ort, möchte ich anfügen. Ein Ort, wo ich diese Ratte ertränken werde, wenn sie mir noch einmal über den Weg läuft.«

Jupp lächelte. Er hatte gar nicht gewußt, daß Al so einen bewundernswerten Humor hatte.

»Von wem hat das Kind bloß die Lügerei?« wunderte sich Jupp.

Schröder schüttelte den Kopf. »Wenn ich das wüßte«, seufzte er.

»Wo ist Al jetzt?«

»Immer noch in der Arrestzelle, wo das kleine Stinktier auch hingehört.«

»Lassen Sie ihn raus!«

»Ach, ja! Wer sagt das?«

»Ich!« antwortete Jupp.

»Jetzt hör mal zu, du kleiner Kackeimer! Ich werde dich gleich auf der Flucht erschießen, wenn ... Was ist das?«

Jupp hatte ihm ein Blatt Papier gereicht.

»Was wollen Sie?« fragte Schröder erschrocken, als er die Kopien mit den außerordentlichen Auszahlungen sah.

»Sie haben 36 Stunden Zeit, Dörresheim zu verlassen. Ich habe große Lust, Sie über die Klinge springen zu lassen, aber Sie haben Familie, und die kann nichts für ihren verkommenen Ehemann und Vater.«

»36 Stunden! Wie stellen Sie sich das vor? Das ist unmöglich!«

»Es gibt noch eine weitere Möglichkeit.«

»Ich höre.«

»Sie sind ein korrupter, schmieriger Beamter mit einem Minimum an Verantwortungsgefühl. Ich finde, wir sollten zusammenarbeiten.«

Schröder sah Jupp einen Moment fragend an, grinste dann aber. »Hm. Wieso habe ich bloß das Gefühl, daß Sie gar kein schlechter Kerl sind?«

»Aus Ihrem Mund klingt das wie eine Beleidigung. Ich brauche eine Information von Ihnen!«

»Welche?«

»Was war an Mark Banning so wichtig, daß es im Polizeicomputer gelöscht werden mußte?«

Schröder überlegte, dann antwortete er: »Mark Banning experimentierte als Student mit Tieren, benutzte Ratten und andere Kleintiere, probierte an ihnen Medikamente aus. Das Problem dabei war, daß es unangemeldete Versuche waren, die Banning privat durchführte, ohne Wissen und Billigung der Fakultät. Heutzutage dürfen doch Studenten noch nicht einmal mehr Frösche aufschneiden. Jedenfalls hat man ihn erwischt. Wie er's geschafft hat, nicht exmatrikuliert zu werden, weiß ich nicht, aber er bekam 'ne Anzeige wegen Tierquälerei. Zu einer Verhandlung ist es allerdings nie gekommen. Er zahlte eine ordentliche Strafe, und der Staatsanwalt ließ die Klage fallen. Das stand im Computer.«

Jupp nickte.

Schröder grinste ihn an. »Sieht so aus, als wären wir jetzt Partner.«

»Sieht fast so aus«, lächelte Jupp, »sieht fast so aus.«

Gewinner und Verlierer

Kurz vor neun stand Jupp vor dem polierten Schild neben dem Eingang eines alten Bauernhauses. *Gerhard Brinner, Rechtsanwalt*, war zu lesen, und daß die Sprechzeiten nicht vor zehn Uhr begannen.

Jupp klingelte erst höflich, dann penetrant, da die Tür sich nicht gleich öffnete. Innen hörte er jemanden fluchen. Die Tür flog auf, und ein Mann mit kunstvollem Zwirbelschnauz und Morgenrock stand vor ihm.

»Jupp! Verdammt noch mal. Sag mir nicht, daß du die Sprechzeiten nicht kennst. Was willst du, mitten in der Nacht?«

»Ich schlage dir das Geschäft deines Lebens vor, du kleiner Winkeladvokat!«

»Ach, so. Natürlich«, erwiderte Brinner ohne jede Begeisterung. »Wie illegal ist es denn?«

»Gar nicht. Darf ich endlich reinkommen?«

Brinner verbeugte sich, machte einen Kratzfuß und wies mit einer gekonnten Handbewegung den Weg ins Haus.

»Wenn ich die Büroräume vorschlagen dürfte. Ein delikates Gespräch wie dieses braucht keine Mithörer!«

»Hm. Erstklassige Manieren, mein Guter. Da wundert es mich, das nicht mehr Leute deine juristischen Fähigkeiten in Anspruch nehmen.«

»Ach, halt die Klappe!«

Dann schloß Brinner die Tür.

Eine halbe Stunde später verließ Jupp wieder das alte Bauernhaus. Fröhlich warf er einen Schlüsselbund in die Höhe, stieg in einen dunkelblauen, ziemlich teuren BMW und winkte Brinner noch einmal zu, der am Fenster stand und ihm argwöhnisch nachschaute.

Sein eigentliches Ziel des Besuches hatte Jupp in nur zehn Minuten erreicht. Brinner hatte schnell begriffen und würde alles in die Wege leiten. Den Rest der Zeit mußte Jupp um Brinners Auto kämpfen. Brinner hatte sich nur unter größten Protesten von den Schlüsseln getrennt, hatte damit gedroht, Jupp durch alle Instanzen zu verklagen, wenn auch nur ein Kratzer an seinen geleasten BMW kommen würde. Letztendlich hatte er den Schlüssel herausgerückt, wollte dann aber lieber doch nicht und forderte ihn zurück, den Jupp natürlich – einmal gewonnen – behielt. Sie hatten sich etwas auf dem Boden gewälzt und um den Schlüssel gerungen. Brinner nützte es nichts; Jupp blieb Sieger.

Er startete das Auto und kicherte. Brinner würde seine eigene Großmutter verscherbeln, wenn er sich dafür noch einen BMW leisten könnte. Jupp trat aufs Gas, und der Wagen machte einen Sprung nach vorn. Ein scharfes Quietschen der Reifen, dann schoß das Auto auf die Straße. Im Rückspiegel sah Jupp Brinner im Morgenrock hinter ihm herlaufen.

Jupp grinste, beschleunigte noch einmal, brachte den Wagen an der Kreuzung zur Dörresheimer Hauptstraße mit einer Vollbremsung zum Stehen. Brinner war gut zweihundert Meter hinter ihm, hatte noch nicht aufgegeben und nur einmal kurz innegehalten. Jetzt hatte er die Hände wieder aus dem Gesicht genommen und rannte hinter seinem Wagen her. Jupp gab ihm noch eine Chance und ließ ihn bis auf fünf Meter herankommen, trat dann das Gaspedal durch. Auf der Hauptstraße war nichts los, und Jupp ließ es sich nicht nehmen, einen Powerslide zu versuchen. Er gelang – fast. Der Hinterreifen tickte an den Bordstein gegenüber. Der BMW hüpfte zurück auf die Fahrbahn. Für einen kurzen Moment brach das Heck aus, doch Jupp steuerte gegen, gab Vollgas und zog die Kiste in die Spur. In weniger als drei Sekunden verschwand er aus Brinners Sichtfeld.

Bergmann stand auf seinem Hof und diskutierte mit seiner Frau, die am Eingang des Wohnhauses stand. Jupp fuhr vorsichtig bis zur Scheune, parkte und stakste unbeholfen durch den Matsch zu Bergmann, der die Hände in die Hüften gestemmt hatte.

»Ah, der rastlose Reporter!« rief der Bauer ohne jede Begeisterung. »So edel heute. Haben wir uns etwa an dem Hab und Gut anderer bereichert?«

»Dasselbe könnte ich Sie fragen, Bergmann!« gab Jupp gereizt zurück.

»Wieso?«

»Sie wissen genau, warum! Aber vielleicht können wir uns lieber drinnen unterhalten!«

»Dann gehn Sie mal vor!« meinte Bergmann und rief seiner Frau zu: »Martha, mach uns mal 'en Kaffee!«

Als Martha Bergmann den Kaffee serviert hatte, sagte Bergmann unaufgefordert: »Ich war's nicht, Herr Schmitz! Das müssen Sie mir glauben!«

Jupp nickte: »Ich weiß!«

Bergmann zog die Augenbrauen hoch. »Das ist alles? Ich meine, ich brauche nur zu sagen, daß ich es nicht war, und schon bin ich aus dem Rennen?«

»In diesem Fall schon«, lächelte Jupp. »Mir sind in der letzten Nacht viele Dinge klar geworden. Und da passen Sie nun einmal nicht hinein!«

Bergmann kratzte sich am Kopf. »Schade, dabei hätte ich sogar beweisen können, daß ich unschuldig bin.«

»Wie denn?«

»Na ja, in der Nacht, wo's den Doktor erwischt hat, bin ich ...« Bergmann stockte. »Haben Sie mich eigentlich ins Auto gelegt?«

»Ja.«

»Ach so. Auf jeden Fall bin ich mit dem Auto nach Hause. Und, wie soll ich sagen, kurz nach Münstereifel springt mir doch dieses Vorfahrtschild vor den Kühler. Also, Sie werden's nicht glauben, aber es war tatsächlich so: Ich fahre ruhig dahin, als plötzlich dieses Schild über die Fahrbahn hüpft und sich direkt vor mein Auto stellt. Dummerweise hat mich eine Streife dabei gesehen. Die haben mich angehalten, ich habe denen erklärt, was passiert war, die haben gesagt, daß ich sie nicht verscheißern soll, mich in die Ausnüchterungszelle gesteckt und den Führerschein als Souvenir behalten!«

»Besoffenes Schwein!« murmelte Frau Bergmann.

Bergmann beugte sich verschwörerisch zu Jupp. »Sie«, dabei deutete er verstohlen mit dem Daumen zu seiner Frau, »hat mich von der Wache am nächsten Morgen abgeholt. Gott sei Dank läuft das Auto noch, hat sie gesagt. Wie's mir ging, wollte sie gar nicht wissen. Da soll einer noch die Frauen verstehen. Ich dachte immer, Männer wären verrückt nach Autos!«

Jupp zuckte mit den Schultern. »Ich wollte Ihnen eigentlich sagen, was mit Belinda passiert ist!«

»Sie wissen es?«

»Das Mittel, das Banning dem Tier gespritzt hat, beschleunigte nicht nur das Wachstum, sondern machte die Tiere auch unberechenbar und aggressiv!«

»Wieso sagen Sie die Tiere?« fragte Bergmann verwundert.

»Belinda war nicht die einzige, an der experimentiert wurde.«

Bergmann schüttelte nachdenklich den Kopf. »Wissen Sie, der Doktor hat so viele Versprechungen gemacht. Hat gesagt, daß Belinda zur echten Super-Kuh heranreifen würde, wenn sie regelmäßig ihre Medizin nimmt. So war es ja dann auch. Ich meine, die Erfolge waren ja da. Belinda schießt in die Höhe, gibt saumäßig viel Milch ab und gewinnt sogar diesen Wettbewerb. Wissen Sie, Herr Schmitz, ich habe noch nie irgend etwas gewonnen. Weder im Lotto noch mit meinen Tieren. Ich war verdammt stolz auf meine kleine Belinda. Natürlich habe ich gemerkt, daß sie launisch wurde, jeden Tag ein wenig mehr, aber ich hab's nicht wahrhaben wollen. Meine Belinda war plötzlich eine Siegerin, und ich war es ja irgendwie auch.« Bergmann sah Jupp traurig an.

»Das Mittel hat schuld an ihrem Tod. Sie ist durchgedreht und raste dann durch die Scheune. Genaugenommen war es also kein Selbstmord. Sie und der Doktor tragen die Schuld an ihrem Tod!«

Bergmann wollte protestieren, nickte dann aber mit dem Kopf. »Ja«, sagte er leise, »ich weiß.«

Jupp stand auf. »Kann ich vielleicht noch Ihren Taunus sehen?«

»Sie trauen mir nicht?«

»Vor ein paar Tagen hätte ich hier noch jedem getraut!«

Zusammen mit Bergmann gingen sie in die Scheune, wo Belindas Einschlagstelle nur provisorisch repariert war. Bergmanns Auto hatte eine gewaltige Delle am rechten Kotflügel und einen zerstörten Scheinwerfer.

»Geht morgen in die Werkstatt!« merkte Bergmann an.

»Hm«, machte Jupp und ging.

Auf dem Weg nach Euskirchen fuhr er durch die Dörfer, die er seit seiner Kindheit kannte und die genau wie Dörresheim irgendwie seine Heimat waren. Jupp erreichte Iversheim, fuhr in die wahrscheinlich engste Kurve der ganzen Eifel, zumindest war der unglückliche Besitzer des Eckhauses, vor dem die Kurve einen scharfen Linksknick machte, dieser Meinung. Es hatte Zeiten gegeben, da beinah jährlich ein Lkw-Fahrer mitsamt seinem Lkw in dem Wohnzimmer stand. Jupp versuchte sich das Gesicht des Mannes vorzustellen, der auf die Vorderreifen des Brummis starrte, wo eben noch sein neues Color-TV-Gerät gestanden hatte, und statt in das Gesicht Thomas Gottschalks in das Gesicht des Lkw-Fahrers blickte, der aus der Fahrerkanzel entschuldigend mit den Schultern zuckte.

Dabei konnte man dem Hausbesitzer keine Untätigkeit vorwerfen; er versuchte sich gegen die schnellen Brummis zu schützen. Er hatte vor seinem Haus eine mannshohe Mauer gebaut. Allerdings mit mäßigem Erfolg: Beim unweigerlich folgenden Crash durfte er anschließend zwei Mauern reparieren. Die Schutzmauer und die Hauswand. Jetzt aber hatte Iversheim endlich seine Umgehungsstraße und Hauswand und Hausbesitzer ihre Ruhe.

Arloff war das nächste Dorf, das folgte. Jupp dachte nur ungern an die dortigen Kicker. Arloff war die klassische Randale-Mannschaft und wohl mit der Grund dafür, warum die unteren Eifel-Ligen als Klopper-Ligen verschrien waren.

Kreuzweingarten und Rheder waren fußballerisches Niemandsland. Jupp konnte sich nicht erinnern, jemals gegen eine dieser Mannschaften gespielt zu haben. Wahrscheinlich hatten sie keine Teams, was Jupp nicht verstehen konnte. Wie konnte man nur auf die wichtigste aller Sportarten freiwillig verzichten?

In Euskirchen machte Jupp noch einmal Halt. Er fand einen Parkplatz vor dem Bahnhof, der Kurzparkern vorbehalten war, und enterte das Euskirchener Geldinstitut. Noch bevor Jupp die Eingangstür erreicht hatte, kramte er nach seinem Sparbuch, zückte es und betrat die Bank. Alle Kassen waren besetzt, er mußte sich einreihen und warten.

»Was kann ich für Sie tun?« fragte ihn seine Lieblings-Kassiererin freundlich.

»Ich möchte Geld von meinem Sparbuch abheben«, sagte er mit der gleichen professionellen Freundlichkeit und gab der Kassiererin das Sparbuch.

»Wieviel soll es denn sein? Sie haben 4.983,23 Mark.«

»Alles«, sagte Jupp.

»Wollen Sie das Konto auflösen?« Die Kassiererin klang besorgt.

»Nein, eigentlich nicht«, meinte Jupp, der keine Lust auf Papierkram hatte.

»Dann muß aber etwas auf dem Konto draufbleiben.«

»Gut«, sagte Jupp, »geben Sie mir 4.982,23 Mark.«

Die Kassiererin nickte und schob ihm einen Vordruck zu. »Wenn Sie das hier bitte ausfüllen möchten.«

Das Portemonnaie fühlte sich prall an, als Jupp die Bank wieder verließ. Er tätschelte nach seiner Brust, beschloß, noch einmal kurz in der City zu verschwinden, um eine Geldklammer zu kaufen. Er fand schnell, was er suchte, kehrte ohne Hast zurück zu Brinners BMW, warf das Knöllchen weg, das die Windschutzscheibe zierte, und fuhr los.

Ohne Probleme fand er die Praxis von Dr. Dr. Justus Beck. Jupp kannte sich zwar nicht aus in Köln, aber selbst er konnte den Hohenzollernring nicht verfehlen. Im Vorbeifahren sah er die richtige Hausnummer. Die nächste halbe Stunde verbrachte er mit der Parkplatzsuche, fand fluchend keinen und parkte dann den BMW im Halteverbot, nur wenige Meter vom Eingang der Praxis entfernt. Das Gebäude war ein häßlicher, aber protziger Nachkriegsbau. Die oberen fünf Stockwerke hatte sich eine Versicherung gesichert. Darunter hatten sich Ärzte für Hals–, Nasen–, Ohrenheilkunde, Zahnmedizin, Orthopädie, Nuklearmedizin und Psychiatrie niedergelassen.

Beck gehörte zu den letzteren, die in dem Gebäude eine knappe Mehrheit hatten, dicht gefolgt von den Zahnärzten.

Der Empfang des Doktors war überaus geschmackvoll eingerichtet. Teurer Marmor ließ jeden Schritt in der Praxis klingen. Helle Farben herrschten vor, leise Musik lag in der Luft. Jupp schlich zur Anmeldung, um die Ruhe, die diesen Raum erfüllte, nicht durch lautes Auftreten zu stören.

Ein antiker Schreibtisch und ein antiker Sekretär dienten der Frau, die bei Jupps Eintreten nicht aufsah, als Arbeitsfeld. Darauf, fast wie zum Trotz, ein Computer. Hinter der Frau hing ein Miró an der Wand, von dem Jupp schätzte, daß er keine der üblichen Praxisfälschungen war, sondern ein Original.

»Guten Tag. Was kann ich für Sie tun?« Die Frau sprach betont und mit warmer Stimme, und als sie ihn ansah, erlebte Jupp eine Überraschung, die ihn kurzzeitig aus dem Konzept brachte. Er hatte die Frau schon einmal gesehen. Aber wo?

»Guten Tag«, antwortete er und wunderte sich, daß er leise sprach, »ich hätte gerne einen Termin bei Dr. Beck.«

»Gern!« antwortete die Frau. »Aber ich muß Ihnen gleich sagen, daß erst in drei Wochen eine Sitzung möglich ist.«

»Das macht nichts«, sagte Jupp freundlich, »tragen Sie mich doch bitte ein.«

»Darf ich um den Namen bitten?«

»Ferdinand Merk.«

Die Frau trug seinen Namen säuberlich in ihr Buch. Jupp beobachtete sie dabei. Sie trug keine Ringe, auch sonst keinen Schmuck. Woher kannte er sie? Es lag ihm auf der Zunge.

Er räusperte sich. »Entschuldigen Sie, Frau ...«

»Meerheim«, ergänzte die Frau lächelnd.

»Ah, ja. Frau Meerheim. Ich habe ein delikates Problem. Mein Name steht dabei auf dem Spiel ...«

»Diese Praxis ist absolut diskret!« versprach die Arzthelferin.

»Natürlich ist sie das. Aber es geht um etwas anderes. Darf ich Sie in Ihrer Pause zu einem Kaffee einladen? Ich möchte Ihnen unter vier Augen erklären, worum es geht!«

Die Helferin blickte ihn schweigend an. Jupp sah ihr fest in die Augen, bis sie ihren Blick senkte und verstohlen in den Vorraum schielte.

»Das klingt aber sehr geheimnisvoll. Gut. Zwischen eins und zwei habe ich Pause.«

»Ich bin Ihnen zu großen Dank verpflichtet«, beteuerte Jupp und atmete erleichtert aus, »ich warte Punkt ein Uhr unten am Eingang.«

Frau Meerheim kam fünf Minuten zu spät. Jupp stand steif in der Nähe des Portals und nickte ihr kurz zu, als sie im Eingang erschien. Nach ein paar Metern hatte sie ihn eingeholt, und Jupp wußte plötzlich, woher er die Frau kannte: Vor ein paar Tagen hatte sie noch neben einem Mercedes-Fahrer mit Kölner Kennzeichen nach dem Weg zum Wochenendhäuschen gefragt. Offensichtlich konnte sie sich nicht an Jupp erinnern.

Sie gingen schweigend, ohne sich anzusehen, nebeneinander, bis sie ein ruhiges Café fanden. Jupp bestellte galant zwei Kännchen Kaffee, fragte seine Begleiterin, ob sie etwas essen wollte. Sie wollte nicht. Tief in Gedanken versunken wartete er, bis die Kellnerin erneut kam, das Bestellte absetzte und wieder verschwand.

Dann erst sagte Jupp: »Ich möchte Ihnen zuerst etwas über mich erzählen, damit Sie die Zwangslage einschätzen können, in der ich stecke.«

Die Frau gegenüber nickte.

»Kennen Sie die Merk-Unternehmensberatung?«

Die Frau schüttelte den Kopf.

»Sie wurde von meinem Großvater gegründet. Er hat sie aus dem Nichts gestampft. Mein Vater übernahm die Geschäfte, als Großvater starb. Wenn er sich einmal zurückzieht, werde ich die Firma übernehmen. Da ich der Erstgeborene bin, steht mir der Firmenvorsitz zu. Wissen Sie, mein Vater war nie ein guter Vater, ist es heute noch nicht. Die Firma bedeutet ihm alles. Sie ist sein Leben. Sie verstehen?«

Die Frau nickte unsicher mit Kopf.

»Gut. Aber das soll jetzt nichts weiter zur Sache tun. Da er wissen will, daß alles den Weg geht, den er sich für mich vorstellt, schlug er mir ein paar Heiratskandidatinnen vor. Er will möglichst bald einen Enkel, damit schon frühzeitig die Familientradition gesichert wird. Aber keine von denen hat mir gefallen. Ich habe mich in eine Frau verliebt, von der er noch nichts weiß.«

»Vielleicht ist der Doktor der richtige ...«

»Warten Sie!« winkte Jupp ab. »Ich bin noch nicht fertig. Mein Vater hat alle seine Kandidatinnen vorher prüfen lassen. Das weiß ich. Er wird auch die Frau durchleuchten, die ich mir ausgesucht habe, verstehen Sie?«

»Ja, schon«, wunderte sich Frau Meerheim, »nur verstehe ich nicht, was das alles mit mir zu tun hat?«

Jupp machte ein beschwichtigende Handbewegung. »Das werde ich Ihnen sagen. Meine zukünftige Frau war einmal Patientin bei Ihnen.«

Jupp ließ den Satz wirken und sprach dann mit ruhiger Stimme weiter. »Sie hat es mir nicht selbst gesagt. Ich hörte davon. Tratscherei, Sie verstehen? Ich möchte meine Frau nicht vor den Kopf stoßen und sie danach fragen. Ich bin sicher, sie wird es mir eines Tages selbst sagen. Aber mein Vater wird es herausfinden. Er wird Nachforschungen anstellen. Sollte sich herausstellen, daß die

Frau, die ich mir ausgesucht habe, wie soll ich sagen, vererbbare Schäden hat ... dann kann ich mir die Firma abschminken. Mein Vater will einen gesunden Enkel, der die Firmentradition für die Zukunft sichert.«

Jupp machte eine kleine Pause. »Das muß in Ihren Ohren alles sehr mittelalterlich klingen, nicht wahr?«

»Allerdings«, antwortete die Frau erstaunt.

»Es ist leider so. Sehen Sie, ich habe noch einen jüngeren Bruder. Er hat die richtige Frau. Eine, die mein Vater ausgesucht hat. Wenn ich einen Fehler mache, bin ich raus.«

»Was wollen Sie von mir?«

»Ich möchte einen Blick in die Krankenakte werfen!«

Jupp hielt den Atem an, blickte aber der Frau fest in die Augen. Bevor sie etwas sagen konnte, sprach er weiter: »Frau Meerheim, ich bin ein sehr vermögender Mann ...«

»Sie wollen mich bestechen?« rief die Frau empört.

»Warten Sie. Nichts liegt mir ferner, als Ihre Integrität zu beleidigen. Wenn ich nicht so verzweifelt wäre, würde ich doch niemals auf die Idee kommen. Verstehen Sie doch! Ich will keine Kopie der Akte. Nur einen kurzen Blick. Das ist alles.«

Die Frau schwieg, fast eine Minute lang.

»Über wen reden wir überhaupt?« fragte sie dann, ohne jedes Interesse.

»Christine Jungbluth.«

Die Helferin zuckte zusammen, als hätte Jupp ihr ins Gesicht geschlagen.

»Sie können sich an sie erinnern?«

Die Frau nickte. Dann schwiegen beide.

»Wieviel ist Ihnen die Information wert?« fragte Frau Meerheim hart.

»Wie wäre es mit dreitausend Mark?« sagte Jupp.

»Viertausend!« forderte die Frau bestimmt.

Jupp nickte. »Wann beenden Sie Ihren Dienst?«

»Um fünf Uhr.«

»Dann treffen wir uns wieder hier?«

Die Frau deutete mit dem Kopf ihre Zustimmung an.

»Gut«, sagte Jupp, »bis gleich.«

Als Jupp zahlte, war die Meerheim bereits verschwunden. Die Stunden würden sich außerordentlich hinziehen, bis er an die Informationen kam. Er hoffte bloß, daß sich das Geld lohnte, das er bezahlte. Meerheims Reaktion stimmte ihn optimistisch. Sie hatte den Namen sofort gekannt, in einer Praxis, in der in den Jahren Hunderte, vielleicht Tausende von Namen in das Sitzungsbuch eingetragen wurden. Warum kannte sie ihn noch?

Als Jupp die Akte las, die ihm die Helferin verstohlen herüberreichte, wußte er es. Er gab sie wieder zurück.

»Wenn ich ein armer Schlucker gewesen wäre und den Namen gleich genannt hätte, hätte ich wohl nicht zahlen müssen, oder?«

Meerheim sah ihn emotionslos an. »Woher wollen Sie das wissen?«

»Wir haben uns schon einmal gesehen. Erinnern Sie sich?«

»Nein. Wo sollte das gewesen sein?«

»Nicht so wichtig. Aber langsam beginne ich alles zu verstehen. Sie lieben Ihren Doktor wohl immer noch?«

»Ich ...«

»Schon gut«, sagte Jupp, stand auf und verließ eine weinende Arzthelferin Meerheim.

Original oder Fälschung?

Auf dem Weg zurück zu dem geleasten BMW dachte Jupp erst über seine Tarnung, die er sich wirklich hätte sparen können, und dann über Manfred Jungbluth nach.

Er hatte ganz vergessen, bei Brinner anzurufen. Es war ihm nicht ganz wohl bei dem Gedanken, daß Jungbluth im letzten Moment noch Faxen machen könnte. Aber sollte das stimmen, was er zu wissen glaubte, würde alles nach Plan verlaufen. Es wurde Zeit, den Mörder endlich dingfest zu machen.

Jupp rupfte das Knöllchen von der Windschutzscheibe und schmiß es weg. Er brauchte gar nicht nachzusehen, welche Preisklasse es hatte. Es war einer der guten Sechzig-Mark-Parkplätze gewesen, auf dem er stand. Er beschloß, Brinner vorerst nichts davon zu sagen.

Zwanzig nach sechs hielt er quietschend vor Brinners Haus. Jupp hatte den Motor noch nicht abgestellt, als Brinner bereits mißtrauisch um sein Auto schlich. Er äugte angestrengt in der zunehmenden Dunkelheit nach Kratzern, fand auf Anhieb keine, befühlte dann mit einer Hand zärtlich den Kotflügel, in der Hoffnung, daß auch seine Fingerkuppen keine anomalen Unebenheiten im Lack melden würden. Brinner rüttelte an dem Hinterreifen, der bei Jupps Powerslide den Bürgersteig berührt hatte. Offensichtlich hatte das Auto alles weggesteckt, ohne Schaden davonzutragen. Dann erst klopfte Brinner an die Scheibe der Fahrertür, die summend nach unten fuhr.

»Wenn du meinem Baby was angetan hast ...«

»Reg dich ab. Es ist nichts passiert.«

Der Anwalt schaute argwöhnisch ins Wageninnere. Alles schien noch an seinem Platz. »Du hast doch nicht etwa geraucht?« fragte er Jupp, steckte seinen Kopf ins Wageninnere und schnüffelte wie ein Jagdhund, der Witterung aufnahm. Jupp drückte ein Knöpfchen, und die Scheibe summte zügig nach oben und klemmte Brinners Kopf ein.

»Laß ... verd... die Scheibe ...« würgte Brinner.

»War Jungbluth da?« fragte Jupp ruhig.

Brinner hatte die Hände auf die Kante der Scheibe gelegt und versuchte, sie herunterzudrücken.

»Laß das«, sagte Jupp, »davon geht die Elektrik kaputt!«

Augenblicklich ließ Brinner wieder los.

»Also, war Jungbluth hier?«

»Ja«, keuchte Brinner, dessen Kopf ein zartes Rot annahm.

»Hat er alles wie geplant unterschrieben?«

»J-ja!«

Jupp drückte wieder auf das Knöpfchen. Das Summen heulte gequält, und Brinner grabschte nach seinem Kopf.

»Verzeihung«, sagte Jupp und drückte den Fensterheber in die richtige Richtung. Augenblicklich war Brinners Kopf wieder frei.

»Gab's Probleme?« fragte Jupp und stieg aus.

»Nein!« zischte Brinner und sah Jupp böse an. »Los, die Schlüssel!«

Jupp gab sie ihm. »Schön, bei mir auch nicht.«

Brinner grinste für den Bruchteil einer Sekunde, nahm aber gleich wieder einen mürrischen Gesichtsausdruck an.

»Was passiert jetzt?« fragte er, ohne sonderlich viel Neugier zu zeigen.

»Wart's ab«, antwortete Jupp, »wart's ab.«

Auf dem Weg nach Hause genoß Jupp die frische Abendluft. In tiefen Zügen sog er sie ein, bis er glaubte, daß ihm schwindelig wurde. Dann gab er es dran. Das würde ein aufregender Abend werden, soviel schien sicher. Er schloß die Wohnungstür auf und ging ins Schlafzimmer, um sich etwas Bequemeres anzuziehen. Dann stand er am Fenster und stierte nach draußen. Ihm war nicht wohl. Diesmal mußte er wirklich schlau sein.

Die Anzeige seines Anrufbeantworters blinkte aufgeregt. Das Display zeigte ihm drei aufgenommene Anrufe an. Er drückte auf die Wiedergabe und wartete auf die Nachricht.

»Hallo, Jupp. Ich bin's, Christine. Es ist jetzt 14.30 Uhr. Ruf mich doch zurück, wenn du wieder da bist.« Es folgte ihre Telefonnummer.

Der zweite Anrufer war ebenfalls Christine. Dann kam der dritte Anruf.

»Hallo, Jupp. Ich habe mir gedacht, wir essen heute gemeinsam zu Abend. Ich erwarte dich um 20.30 Uhr bei mir zu Hause. Bitte sei pünktlich. Ich habe uns ein tolles Essen gemacht. Bye.«

Jupp griff nach dem Hörer und wählte Schröders Nummer.

»Schröder?« fragte die Stimme am anderen Ende.
»Schmitz, hier.«
»Was gibt's?«
»Es geht los«, sagte Jupp.
»Gut«, sagte die Stimme im Hörer, »ich werde da sein.«

Jupp drückte auf die Klingel. Ein gewaltiger Gong bebte durchs Haus. Dann wurde es wieder ruhig. Doch bevor er ein zweites Mal die Villa zusammengongen konnte, öffnete sich die schwere Tür aus massiver Eiche. Christine strahlte ihn an. Sie trug ein rotes, schulterloses Abendkleid. Eine kleine Perlenkette zierte ihren makellosen Hals. Die Augen waren dezent geschminkt, der Mund tiefrot. Jupp stockte der Atem. Er hatte schon immer gewußt, daß sie eine Schönheit war, aber das übertraf alles.

»Du bist pünktlich!« freute sich Christine.
»Könnte ich anders?« gab Jupp zurück.

Mit einer Handbewegung bat sie Jupp herein. Er trat in die mächtige Vorhalle der Villa und übernahm das Schließen der Tür selbst. Christine ging vor, und Jupp folgte. Das Kleid war hochgeschlitzt und gab bei jedem zweiten

Schritt die Sicht auf ein wohlgeformtes Bein frei. Sie hielt sich außerordentlich gerade, wie Jupp fand, durchschritt die Halle ohne Hast. Jupp starrte auf ihren Hintern, der jeden ihrer Schritte zu einer Einladung machte. Ihr Haar glänzte verführerisch und lag ruhig auf ihren nackten Schultern.

Christine öffnete eine weitere gewaltige Eichentür und erwartete Jupp mit einem bezaubernden Lächeln am Eingang.

Der Raum war nicht viel kleiner als die Vorhalle und ohne Zweifel das schönste Eßzimmer, das Jupp je gesehen hatte. Eine lange Tafel trennte den Raum der Länge nach. An einem Ende befanden sich zwei festlich geschmückte Gedecke. Überhaupt hatte das Zimmer starke Ähnlichkeit mit einem Rittersaal. Gewaltige Ölgemälde vergangener Schlachten zierten die Wände. Ein Kamin, der nicht brannte, davor einen gemütliche Sitzgruppe. Alles schien aus Holz oder schwerem Eisen zu sein.

Jupp lehnte die Tür an und folgte Christine zur Tafel. Das Parkett, auf dem er ging, schien das einzige zu sein, das nicht antik in diesem Raum war. Es glänzte im frischen Ocker. Wahrscheinlich war es noch gar nicht so lange her, daß es verlegt worden war.

»Mein Vater liegt im Krankenhaus«, eröffnete Christine das Gespräch. »Er hatte heute nachmittag einen schweren Herzinfarkt. Glücklicherweise fand ich ihn rechtzeitig in seinem Büro. Er lag auf dem Boden und hat kaum noch geatmet. Sie haben ihn mit dem Rettungshubschrauber in die Uni-Klinik gebracht. Er liegt in der Notaufnahme, niemand darf zu ihm, nicht einmal ich. Sie haben mir gerade einmal erlaubt, ihm kurz die Hand zu drücken. Der Chefarzt kümmert sich persönlich um ihn. Er hat gesagt, daß es gute Hoffnung gibt, daß er sich wieder erholt. Bis auf den Infarkt sei mein Vater in guter Form, sagt er. Jedenfalls sind wir heute nacht alleine hier«, schloß sie und schaute Jupp ruhig an.

Jupp fühlte sich sehr unbehaglich. Fast hatte er das Gefühl, daß Christine gar nicht von ihrem Vater, sondern irgendeine Neuigkeit aus dem Dorf erzählte. Kein Bedauern in der Stimme, keine Geste der Sorge. Nichts.

»Was möchtest du trinken?«

»Einen guten Whisky«, antwortete Jupp.

Christine lächelte wieder und schwebte zur Bar, die sich in einem gewaltigen antiken Schrank versteckte. Jupp schlenderte zur Sitzgruppe und ließ sich in einen der bequemen Sessel fallen. Als Christine die Drinks eingeschenkt hatte, folgte sie ihm, hielt zwei schwere Whiskygläser mit den Fingerkuppen, schlenkerte damit geschickt am langen Arm und stellte ihre Last auf eines der Beistelltischchen, die unauffällig neben jedem Sessel standen. Bevor sie sich setzte, holte sie die Whiskyflasche und rückte einen der schweren Sessel ohne sichtbaren Kraftaufwand an Jupps Sessel heran.

»Der Verzicht auf die Macht war ein schwerer Schlag für ihn«, erklärte sie ruhig und nippte an ihrem Whisky.

»Ja, das kann ich mir denken. – Sag mal«, lenkte Jupp das Gespräch auf ein anderes Thema, »sind die Bilder dahinten alles Originale?«

Christine drehte sich herum. »Natürlich«, sagte sie, »irgendwie muß man ja das Geld loswerden.«

»Ja, natürlich«, lächelte Jupp, »ich vergaß.«

Christine beugte sich zu ihm herüber, sah ihn fordernd an, hauchte ihm einen Kuß auf die Lippen, lächelte und wischte vorsichtig mit dem Zeigefinger ein wenig Rot aus Jupps Gesicht. Jupp atmete schwer und meinte: »Du scheinst kein schlechtes Gewissen zu haben, oder?«

Christine sah ihn fragend an. »Was meinst du?«

»Nun, immerhin war der gute Doktor dein Verlobter!«

»Wovon redest du überhaupt?«

»Davon, daß du den guten Mann umgebracht hast.«

Christine schaute ihn scharf an. Dann entspannten sich ihre Gesichtszüge. »Jupp, du solltest so etwas noch nicht einmal im Scherz sagen.«

»Nach Scherzen ist mir auch nicht zumute«, sagte Jupp und trank einen Schluck.

Christine machte es sich in ihrem Sessel bequem. »So? Wieso glaubst du, daß ich Mark umgebracht habe?«

»Er hat die Nerven verloren. Der arme Kerl hat einfach die Nerven verloren, und das war sein Todesurteil.«

»Ich hab dir doch von meinem Vater ...«

Jupp winkte ab. »Ein Schauermärchen, äußerst überzeugend vorgetragen, aber eben doch nur ein Märchen. In der Nacht, als der Doktor starb, war dein Vater nicht einmal in der Nähe der Praxis. Aber du warst es. Du wußtest auch, daß ich Banning in dieser Nacht besucht hatte, weil du nämlich im Haus warst.«

»Das ist doch alles Quatsch! Woher willst du das wissen?« fragte Christine ruhig.

»Ich komme noch dazu. Laß mich vorne anfangen«, erwiderte Jupp. »Als ich den Doktor fand, deutete nichts auf einen normalen Überfall. Es gab keine Kampfspuren außer einigen kaputten Gläsern, die Banning mitgerissen hatte, als er fiel. Nichts wurde gestohlen – nur ein paar Reagenzgläser. Das ist doch seltsam, oder? Welcher Dieb könnte Interesse an Reagenzgläsern haben? Einen normalen Raubüberfall können wir ausschließen. Der Doktor kannte also seinen Mörder. Nach meinem Auftritt bekam er es mit der Angst zu tun, weil ich ihm auf der Spur war. Er wollte zur Polizei, die verbotenen Versuche mit Tierpräparaten aufgeben.

Der Mörder versuchte ihn zu beruhigen. Es gab für alles eine Lösung, aber Banning wollte nicht. Er versuchte seinem Mörder klar zu machen, daß ich mich nicht kaufen lassen würde. Der nervöse Doktor, der seine ganze Unsicherheit hinter seiner Arroganz verbarg. Das neue Firmengelände, die neuen Projekte unter deiner Leitung – alles dahin, weil ein Dummkopf die Nerven verlor? Ich wette, du warst schon sauer genug, als der Doktor zwei Schläger bemüht hatte, um mich einzuschüchtern. Du mußt ihn ganz schön auf Kurs gebracht haben. Er hat sich nichts anmerken lassen, als ich ihn das erste Mal besucht habe. Aber dieses Mal war es anders. Dieses Mal ließ er sich nicht mehr beruhigen, und das konntest du nicht zulassen.

Da kamst du auf einen schlauen Plan. Er hat dir alles erzählt, nicht wahr? Daß er mich verarztet hat, daß ich mich gegen die Spritze gewehrt habe und daß es mir fast gelungen wäre, die Spritze wieder herauszuziehen. Du kanntest deinen Süßen und wußtest, daß er mit Handschuhen arbeitet. Und während er aufgeregt im Zimmer umherwanderte, hast du ebenfalls Handschuhe angezogen. Die Spritze lag ja noch da. Du hast sie wieder aufgezogen, um dann im richtigen Moment hinter den guten Doktor zu treten.«

Christine sah ihn lauernd an, schwieg aber.

Jupp fuhr fort: »Ich bin sicher, du hast ein gutes Gift gewählt. Ich glaube nicht, daß er lange leiden mußte, wäre auch zu unsicher gewesen. Der Doktor starb schnell, doch damit nicht genug. Ein Mann, der deine ehrgeizigen Pläne stoppen konnte, war beseitigt. Blieb noch einer übrig. Also hast du mich angerufen. Die Nummer hatte ich dem Doktor ja gegeben. Ein paar schwere Atemzüge, knirschendes Glas, ein fallender Hörer und dann die unterbrochene Leitung. Das sollte für einen neugierigen Journalisten reichen.«

»Nette Geschichte. Aber auch mein Vater hätte es gewesen sein können«, sagte Christine.

»Nein. Vielleicht war es ja wirklich so, daß die beiden

sich nicht leiden konnten, aber dann hätten sie mit Sicherheit auch nicht zusammengearbeitet. Außerdem wäre dein Vater nicht mitten in der Nacht aufgestanden, um mit dem lieben Doktor zu streiten, eher schon, um ihn umzubringen. Aber hätte er dann nicht eine andere Waffe gewählt? Er wurde mit derselben Spritze ermordet, mit der ich behandelt worden bin. Es war also kein geplanter Mord. Und Banning hat ein schnell wirkendes Gift abbekommen. Aber dein Vater ist ein Geschäftsmann, kein Arzt. Woher hätte er wissen sollen, welches der vielen Fläschchen im Schrank das richtige ist? Ein Veterinär weiß so etwas natürlich. Einer wie du es bist.«

»Vielleicht stecken wir ja alle unter einer Decke...« begann Christine.

»Möglich«, unterbrach sie Jupp, »aber nicht wahrscheinlich. An dem Tag, als Elsa aufgeschlitzt wurde, beobachtete uns auf dem Feld jemand im schwarzen Mercedes. Jemand hatte außerordentliches Interesse an dem Tod der Sau. So sehr, daß er sogar seinem Partner nicht recht traute und ihn beobachten ließ. Vielleicht hat er ihn sogar nach Sittscheidt kutschiert. Du selbst warst es nicht, da saß ein Mann im Cockpit des Wagens. Ich bin sicher, daß ich den Mann unter den Jungbluth-Angestellten finden werde. Dein Vater fährt einen Jaguar. Wir wissen aber beide, wer einen schwarzen Mercedes fährt, nicht wahr?«

Christine nickte.

»Außerdem bekam Schröder einen Anruf, wahrscheinlich von dir, daß er Informationen aus dem Polizeicomputer verschwinden lassen sollte. Banning hat schon als Student mit Tieren experimentiert. An einer Uni, wo sich wer kennengelernt hat...?«

»Geschenkt!« Christine winkte gelangweilt ab.

Jupp machte eine Pause, gönnte sich einen großen Schluck von seinem Whisky und goß noch einmal nach.

Dann machte er weiter: »So weit, so gut. Du wurdest mit einem Schlag die Männer los, die dir gefährlich werden konnten. Nachdem du mich angerufen hattest, hast du ein paar Momente gewartet, schließlich mußte ich vor der Polizei da sein. Dann ein zweiter anonymer Anruf – übrigens sehr geschickt, nicht die 110 anzurufen, damit deine Stimme nicht mitgeschnitten werden konnte. Auf der anderen Seite auch ein weiteres Indiz gegen dich: Wenn tatsächlich die alte Stritzke den anonymen Anruf getätigt hätte, welchen Grund hätte es für sie gegeben, nicht die 110 anzurufen, was doch naheliegender gewesen wäre?

Wie dem auch sei: Für dich begannen ein paar hektische Minuten. Du wußtest, daß du nicht viel Zeit hattest. Im Keller hast du schnell die Reagenzgläser zusammengepackt und was sonst noch wichtig sein konnte, dann bist du nach oben. Ich nehme an, du wolltest gerade die Daten im Computer löschen, als du unten Geräusche hörtest. Für einen Moment gerietest du in Panik. So schnell hattest du mich nicht erwartet. Ein kleiner Fehler unterlief dir dabei. Die Daten wanderten nur in den Papierkorb, ohne tatsächlich gelöscht zu werden. Du bist heimlich raus, kurz bevor die Polizei kam. Es muß so gewesen sein. Die Polizei hat die Räume versiegelt, und die Siegel waren unversehrt, als – wie soll ich sagen – einer meiner Mitarbeiter die gelöscht geglaubten Daten sicherte.«

»Sehr schön, Jupp. Aber ich werde nie panisch, das solltest du wissen. Allerdings muß ich zugeben, daß ich nur wenig von Macintosh-Computern verstehe. Sie lassen sich einfach bedienen, glaube ich.«

Jupp nahm wieder einen Schluck. »Alles lief nach Plan. Doch dann kamst du auf eine zweite, noch viel bessere Idee. Du hattest mich einmal benutzt, warum nicht ein zweites Mal? Die Firma! Endlich konntest du sie haben. Du brauchtest bloß den Verdacht auf deinen Vater zu lenken. Ein Bauernopfer in einem Spiel, das er nicht richtig verstand. Und du konntest sicher sein, daß dein Vater klein beigeben würde.«

»Ha!« rief Christine. »Du kennst meinen Vater nicht! Wie konnte ich sicher sein?«

»Ich glaube doch. Du erinnerst dich an dein Märchen?«

Christine nickte.

»Nicht er kam um vier Uhr morgens nach Hause, du warst das. Sein Auftreten mir gegenüber läßt keinen anderen Schluß zu. Dein Vater hatte einen Verdacht, aber nur, weil er in dieser Nacht nicht mit dir gerechnet hat. Schließlich wolltest du bei deinem Verlobten übernachten, also fragt er dich, ob ihr euch gestritten habt. Aber du winkst ab, bist müde und möchtest gerne schlafen. Oder hast du ihm die Wahrheit gesagt?«

Christine sagte nichts.

»Nein, wahrscheinlich nicht. Aber kurz darauf bekommt er einen Anruf. Schröder ist dran. Er sagt ihm, daß der Doktor tot ist und daß man mich festgenommen hat. Ich glaube, dein Vater wußte gleich, was wirklich geschehen war. Vielleicht wollte er es nicht wahrhaben, aber er kannte auch seine Tochter. Daddys Liebling, der alles von ihm haben konnte. Sein kleiner Liebling, den er schützen mußte. Also denkt er nach, wie er dich raushalten kann, und kommt auf eine prima Idee: Er geht zur Polizeiwache und sagt seinem Lakaien Schröder, daß er einen Sündenbock braucht. Jemand muß für das Verbrechen herhalten, das seine Tochter begangen hatte. Aber er wollte mich nicht opfern, soviel Anstand hatte er wenigstens. Dein Vater wollte mich etwas schmoren lassen, mir Zeit geben, vor lauter Angst vor dem Gefängnis auf jemanden zu warten, der mir aus der Scheiße half. Er war sich sicher, je enger sich der Strick um meinen Hals zog, desto eher würde ich dankbar jedes Angebot annehmen, welches er mir dann, als Retter in der Not, offerierte.

Sehr schlau und vor allem sehr elegant. Daß ich abhauen würde, konnte er nicht ahnen, aber es durchkreuzte auch nicht seine Pläne. Ich bin sicher, wenn ich nicht zu ihm gekommen wäre, dann hätte er es getan. Natürlich erst im letzten Moment. Wer sich so etwas ausdenkt, hat mit Sicherheit einen Sinn für Dramaturgie. Und das war auch nötig, denn der Plan hatte einen kleinen Schönheitsfehler: Warum sollte er mir helfen? Ein Mann, wie er einer ist. Jemand, der eine große Firma aus dem Boden gestampft hat. Warum sollte er dem mutmaßlichen Mörder seines Schwiegersohnes helfen? Das konnte doch nur bedeuten, das er den Mörder kannte. Er selbst war es nicht, das habe ich dir ja eben erklärt. Also jemand, der ihm nahe stand – sehr nahe sogar!«

»Er hätte dich einbuchten lassen sollen«, sagte Christine und schnippte mit den Fingern.

»Ja, das hätte er tun können. Aber er wußte auch, daß ich Journalist bin. Ein völlig unbedeutender zwar, aber vielleicht jemand, der andere unabhängige Journalisten kennt. Andere, die schnüffeln konnten. Und darüber hatte dein Vater keine Kontrolle. Die elegante Lösung war die bessere, weil dein Vater kein Risiko eingehen wollte.«

»Na und? Er kann dir immer noch gefährlich werden!«

»Nein. Nicht mehr. Dank deiner Informationen waren die Leute, die ihm bei meiner Verurteilung helfen konnten, wertlos geworden. Er hatte nichts mehr, womit er dich hätte schützen können. Ich habe mich gewundert, wie schnell er klein beigab, als ich ihm sagte, daß ich den Mord an Banning vollständig klären wollte, ich aber darauf verzichten würde, wenn er zurückträte. Das paßte einfach nicht zu ihm! Ein Mann wie er hätte gekämpft, weil ihm sein Schicksal egal war. Aber seine Tochter, sein Ein und Alles, sie sollte doch die Firma übernehmen. Das, was er groß gemacht hatte. Er gab auf, weil er dich schützen wollte. Auf die Idee, daß du ihn ans Messer geliefert hast, ist er nicht gekommen.«

Jupp hielt inne. »Oder ... warte ... vielleicht ist er heute nachmittag dahinter gestiegen. Hast du nicht gesagt, daß du ihn gefunden hast? Hat er dich ...« Jupp sah Christine scharf an.

Sie hielt seinem Blick mühelos stand.

»Ja?« fragte sie.

»Hat er dich heute nachmittag zur Rede gestellt?«

Christine musterte ihn neugierig.

Jupp wurde laut: »Hat er!?« schrie er.

Christine blieb völlig ruhig. »Na, du hast aber eine Meinung von mir«, antwortete sie dann theatralisch.

Jupp wunderte sich überhaupt nicht mehr über den Herzinfarkt. Er war so wütend, daß ihm selbst einer bevorstand. Er legte eine kleine Pause ein und sammelte sich wieder. »Da steh ich nicht alleine da. Dein Analytiker ist gleicher Meinung.«

Christine riß die Augen auf. »Woher ...?« stieß sie aus.

»Deine Handtasche. Du erinnerst dich? Du hast sie mir gegeben. Ich konnte natürlich nicht riskieren, dich nach seinem Namen zu fragen. Also hoffte ich, in deiner Handtasche ein Telefon- oder Adreßbuch zu finden.«

Jupp griff nach seinem Whisky. »Schöne, reiche Christine. Hat dir niemand gesagt, daß man auf dem Weg nach oben die Leute anständig behandeln soll? Denn es könnte auch wieder abwärts gehen, sehr schnell sogar, wenn sich diese Leute wie Mühlensteine an deine Beine hängen. Weißt du, ich habe einen Blick in die Krankenakte werfen dürfen. Ich wollte wissen, wie gefährlich du bist.«

Das stimmte allerdings nur zur Hälfte. Jupp hielt es für gegeben, die zweite Hälfte seiner Beweggründe zu verschweigen. »Tatsächlich hattest du Depressionen. Nichts

Besonderes, eigentlich. Doch dann geschieht etwas Merkwürdiges. Der Herr Doktor beschreibt Seiten an dir, die ich auch kennengelernt habe. Zunächst noch unbeteiligt, als der Analytiker, der er ist. Aber sein Ton ändert sich. Er entdeckt an dir Hybris, eine krankhaft übersteigerte Selbstliebe, jedoch nur im philosophischen, nicht im pathologischen Sinne krankhaft. Er stellt Gefühlskälte, analytischen Verstand und Skrupellosigkeit fest. Er beschreibt dies alles in sehr wenig schmeichelhafter Art und Weise. Dabei hatte er doch so unbeteiligt angefangen. Seltsam nicht? Es hatte geradezu den Anschein, als wollte der Dr. Dr. Beck seinen ganzen Frust loswerden. Das waren nicht die Worte eines Analytikers, es waren die Worte eines gekränkten Liebhabers – eines verletzten Liebhabers.«

»Beck ist eine Flasche«, entfuhr es Christine.

»Ja«, sagte Jupp, »und ich wette, das hast du ihm auch gesagt. Du hast ihn abserviert, als es dir wieder gut ging. Du hast ihn fallen lassen wie eine heiße Kartoffel und es genossen. Einen Mann zu demütigen, der den Fehler begangen hatte, sich unsterblich in dich zu verlieben. Ich bin sicher, vor Gericht hätte er große Lust, seinen Schmerz loszuwerden!«

»Das darf er nicht, du Dummkopf! Er ist an seine ärztliche Schweigepflicht gebunden!« lächelte Christine kalt.

Jupp nickte. Das war nicht zu ändern, solange Christine ihn nicht von seiner Schweigepflicht entbinden würde. Das, was der Doktor zu sagen hätte, würde wenigstens einen Antrag auf Strafmilderung wegen zeitweiser Unberechenbarkeit unmöglich machen. Der zweite Grund, warum Jupp den Psychiater überhaupt aufgesucht hatte.

»Ja, leider.«

Christine zuckte mit den Schultern und sah Jupp wieder lauernd an. »Ja, mein Lieber. Hervorragend. Ich bewundere deinen analytischen Verstand. Ich hatte zugegebenermaßen nicht damit gerechnet, daß du so schnell dahinter kommen würdest. Ehrlich gesagt, hatte ich überhaupt nicht damit gerechnet, daß du dahinter kommen würdest, du bauernschlaues Landei. Aber ich mußte zumindestens von der Annahme ausgehen. Bravo! Du warst wirklich fleißig.«

»Ich habe dich gewarnt. Du hast mich unterschätzt.«

»So? Habe ich? Wie dumm von mir!« Christine brach in häßliches Gelächter aus. »Du glaubst doch nicht, daß ich mich von so einem halbgebildeten Bauern wie dir aufs Kreuz legen lasse. Mein Gott, Josef! Hast du das wirklich geglaubt? Ein Kompliment hier, ein tiefer Ausschnitt da, und schon glauben sie, man hätte sich unsterblich in sie verliebt. Seit vielen tausend Jahren läuft's immer gleich ab, und ihr Männer werdet einfach nicht schlau. Du tust mir wirklich leid, du kleiner Bauerntrampel.«

Jupp zuckte beinahe bei jedem Wort zusammen, beinahe so, als würde Christine ihn auspeitschen. Und in gewisser Weise tat sie das auch.

»Vielleicht hast du ja recht«, gab er kleinlaut zu.

Christine genoß die Situation. »Oh, wie großzügig von dir. Natürlich habe ich recht. Du mußt noch viel lernen, kleiner Josef. Vielleicht würde es dir ja mal gut tun, in die Großstadt zu ziehen? Ich meine, vielleicht wirst du da einmal erwachsen und mußt nicht immer der kleine, dumme Josef vom Land bleiben!«

»Ich weiß nicht, ich denke, ich bleibe lieber hier.«

Christine grinste breit. »Ja«, quietschte sie vergnügt, »ich bin sicher, daß du hier auch zu Grabe getragen wirst.«

»Schon möglich«, erwiderte Jupp, »aber vorher verschwindest du ins Gefängnis.«

Christine lachte abermals. »Tatsächlich? Ich bin gespannt, ob du es noch bis zur Polizei schaffst. Ich wundere mich, daß du nicht schon bewußtlos geworden bist. Wie schmeckt dir im übrigen der Whisky?«

»Ausgezeichnet«, gab Jupp zurück.

»Das freut mich«, lächelte Christine und nahm ihr Glas in die Hand, »ich werde mir auch ein Schlückchen gönnen.«

Jupp griff nach ihrem Arm. »Ich finde, das solltest du nicht tun!«

Christine sah Jupp unsicher an.

»Sind die Bilder dort drüben alles Originale?« grinste er.

Christine wollte den Kopf drehen, brach die Bewegung allerdings ab und sah Jupp wieder in die Augen. Sie hatte verstanden.

»Du glaubst doch wohl nicht, daß ich etwas trinke, das du mir anbietest, du kleine Giftmischerin. Ich habe natürlich gewartet, bis du an deinem Drink genippt hast, selbst würdest du dich ja wohl nicht vergiften. Schröder!« rief Jupp durch den Raum.

Die Tür öffnete sich, und Hauptkommissar Schröder betrat das Zimmer.

»Alles verstanden, Schröder?« fragte Jupp, ohne die Augen von Christine zu nehmen.

»Wie kommen Sie hier rein?« rief Christine wütend.

»Oh, Verzeihung«, heuchelte Schröder, »die Haustür war auf. Da habe ich mir erlaubt einzutreten.

Christines Kopf wanderte zwischen Jupp und Schröder hin und her.

»Hauptkommissar Schröder! Würden Sie die Güte haben, dieses Glas für mich aufzubewahren? Aber bitte, verschütten Sie keinen Tropfen vom edlen Inhalt!«

Schröder nahm das Whiskyglas entgegen. »Natürlich, Herr Schmitz. Wünschen Sie eine Untersuchung?«

»Sicher, Herr Hauptkommissar. Würden Sie uns noch mal einen Augenblick alleine lassen?«

Schröder nickte kurz mit dem Kopf und verschwand.

»Nicht weglaufen!« rief Jupp ihm nach.

»Nein, nein!« tönte Schröders Stimme hinter der Tür.

Jupp wandte sich wieder zu Christine. »Dafür kriegst du lebenslänglich«, sagte er ruhig.

Christines Augen füllten sich mit Wasser. »Bitte, Jupp. Laß das nicht zu. Ich tue alles, was du willst!«

Jupp nickte zufrieden. »Schröder, bring sie ins Arbeitszimmer!« befahl er dann laut.

Als die Tür hinter den beiden ins Schloß gefallen war, schlich eine unheimliche Stille ins Eßzimmer.

Jupp fühlte sich sehr schlecht. Während seine Arme schwer wie Blei an seinen Schultergelenken hingen, sich seine Eingeweide dagegen für Schwerelosigkeit entschieden, dachte Jupp über Christines Versuch nach, ihn zu vergiften. Sie wußte wirklich nichts über ihn, sonst hätte sie auf Gift verzichtet und ihm noch zwei Gläser des edlen Whiskies eingeschenkt. Die Wirkung wäre die gleiche gewesen.

Er befühlte dankbar die Lehne seines Sessels, der ihm die ganze Zeit über Halt geboten hatte. Jupp hätte sich gerne bedankt, bei irgend jemandem für irgend etwas, jetzt in diesem Moment. Verzweifelt suchte Jupp nach etwas Lebendigem. Aber der Raum hatte nichts Lebendiges, er war alleine.

Sein Blick blieb an den Backsteinen des Kamins hängen. Automatisch begann er die roten Rechtecke zu zählen, brach unmotiviert wieder ab und versuchte es mit einem Schlachtgemälde. Auch hier begann Jupp zu zählen, zählte bald Soldat um Soldat, bald Stein um Stein und murmelte die Zahlen mit.

Als ihm der Boxer die Faust in die Rippen rammte,

zuckte Jupp zusammen und steigerte das Tempo. Weitere Erinnerungen bäumten sich wie Wellen auf und brachen sich hart wie an einer Steilküste in seinem Kopf, während Jupp verzweifelt versuchte, sich aufs Zählen zu konzentrieren. Christines schallendes Gelächter, weiter zählen, Nässe, Kälte, Jupp hörte auf, Zahlen zu murmeln, um schneller zählen zu können, Jungbluth, »Sie werden Dörresheim nie wieder sehen!«, schneller zählen, »Das ist auch meine Heimat«, jagende Schützenbrüder, überspring Zahlen, schneller, schneller, »Sie lieben Ihren Doktor immer noch?«, Tränen, zähl, hör nicht auf, zähl, Spritze, Gift, »Schmeckt dir der Whisky?«, aufhören, aufhören, ein Nagelholz bohrte sich in seinen Hintern, Hundestaffeln, rasende Zahlenreihen, »Kümmern Sie sich um Ihren Scheiß-Job«, Leiche, zerbrochenes Glas, Zahlen, so viele Zahlen, aufhören, bitte aufhören, bitte ...

Dann, endlich, konnte Jupp weinen.

Geschäftsmänner

»Schreib!« befahl Jupp.

Christine saß am Schreibtisch ihres Vaters und gehorchte. Mit aller Kraft versuchte sie, Fassung zu wahren, aber ihr Gesicht war blaß, und ihre Hände zitterten leicht. Jupp stand hinter ihr, seine kalte Hand auf ihrer nackten Schulter. Er fühlte sich immer noch schwach, hatte sich aber wieder weitgehend unter Kontrolle.

»Ich, Christine Jungbluth, im Vollbesitz meiner geistigen Kräfte, gestehe hiermit den Mord an meinem Verlobten Mark Banning.«

Christine schrieb mit, so schnell sie konnte, angetrieben von Jupp, der ihr unerbittlich diktierte. Als sie fertig waren, nahm er ihr das Blatt aus den Händen und prüfte noch einmal den Inhalt. Christine sah ihn nicht an, während er las, und Jupp war ihr deswegen dankbar. Er fühlte sich sehr leer und desillusioniert.

»Die Unterschrift!« forderte er streng.

Christine krakelte ihren Namen darunter.

»Fein«, sagte Jupp und spannte das Blatt erneut in die Schreibmaschine.

»Jupp, kann ich dich einen Moment sprechen?« Christine sah ihn flehend an. Jupp nickte Schröder zu, der geduldig vor dem Schreibtisch gewartet hatte.

»Einen Moment bitte, Schröder.«

Schröder verließ das Arbeitszimmer.

Christine erwachte aus ihrer Lethargie. Ihre Augen zeigten wieder lebhaftes Interesse an dem Mann, der sich vor sie auf den Schreibtisch gesetzt hatte.

»Liefer mich nicht aus!«

»Warum nicht?« fragte Jupp.

»Ich möchte dir etwas vorschlagen.«

»Was willst du?«

»Dich heiraten!«

»Was?!« rief Jupp verwirrt.

Christine sah ihn lauernd an. Langsam glitt sie aus dem Bürosessel ihres Vaters, ohne den Blick von Jupp zu nehmen, und setzte sich auf den Schreibtisch. Jupp war verunsichert.

»Heiraten!« hauchte sie verführerisch. »Endlich bekommst du das, was du schon immer haben wolltest. Das ist es doch, was du willst, nicht, Jupp? Davon hast du immer geträumt! In all den Jahren ist es dir nicht aus dem Kopf gegangen. Sag mir Jupp: ist es so?«

Jupp schluckte. Er wollte ihr nicht mehr in die Augen sehen, aber sie ließ nicht los.

Christine lächelte und räkelte sich. »Sei nicht dumm, Schatz. Spiel einmal bei den Großen mit. Oder bist du immer noch der kleine, picklige Teenager von damals, der mir sein romantisches Herzchen auf einem Silbertablett servierte?«

Christine lachte amüsiert, hob ihre Beine auf den Schreibtisch und drehte sich zu Jupp. »Nun«, meinte sie langsam, »jetzt bin ich diejenige auf dem Silbertablett, nicht wahr?«

Jupp wußte nicht, was er sagen sollte. Sein Blick glitt über ihren Körper.

»Würdest du mich gerne berühren, Jupp? Würdest du gerne ...?«

»Ich weiß nicht«, erwiderte Jupp kraftlos.

Christine legte den Kopf in den Nacken und lächelte selbstsicher. »Hhmm, aber ich weiß es!«

Jupp überlegte angestrengt, dann setzte er sich vor die Schreibmaschine und hämmerte GESTÄNDNIS über den Text. Auf das Datum verzichtete er.

»Einen Umschlag, bitte!«

Christine fingerte aus dem Schreibtisch ihres Vaters ein Kuvert. Jupp ließ das Dokument darin verschwinden, rief nach Schröder und gab es ihm.

»Geben Sie das Gerhard Brinner zur sorgfältigen Aufbewahrung. Sie werden ihm nicht sagen, was drin steht, nur, daß es von mir ist. Ich ruf in 'ner halben Stunde bei ihm an. Wenn er bis dahin den Umschlag nicht hat, werden Sie wissen, was Sie innerhalb von 36 Stunden zu tun haben.«

»Ich verstehe nicht«, gestand Schröder.

»Tun Sie einfach, was ich Ihnen sage!« befahl Jupp.

»Reiß bloß nicht so das Maul auf!« zischte Schröder.

»Schröder«, fuhr Jupp ihn an, »ich bin bald am Ende meiner Geduld. Ich hoffe, ich habe mich deutlich ausgedrückt!«

Schröder schnappte nach dem Dokument. »Sonst noch etwas?«

»Nein, Sie können gehen!«

Als Schröder sich umwandte, um den Raum zu verlassen, sprang Jupp ihm doch noch einmal nach, hielt ihn an der Schulter und flüsterte ihm etwas ins Ohr. Schröder nickte und verschwand.

Am nächsten Tag traf Jupp Al und Käues im *Dörresheimer Hof*.

»Heiraten?! Haben sie bei dir eingebrochen, oder was?« schrie Al verärgert, als Jupp ihm von seinen Plänen berichtete.

Jupp zuckte mit den Schultern. »Maria, machst du mal 'ne Runde?«

»Ehrlich, Jupp. Findest du nicht, daß du übertreibst? Immerhin wollte die kleine Schlampe dich umbringen!« mischte Käues sich ein.

Maria stellte drei Bier auf die Theke und strich auf Jupps Deckel ab.

»Du wirst sie nicht heiraten, du Spinner!« befahl Al herrisch.

»Hast du Lust, mein Trauzeuge zu sein?« fragte Jupp Al.

»Ich?!« Al wurde beinahe hysterisch.

»Du vielleicht?« wandte sich Jupp an Käues.

»Nicht in diesem Leben«, sagte Käues ruhig.

Dann tranken sie ihr Bier auf Ex.

»Merkst du nicht, was die Zicke vorhat?« fragte Al böse.

Jupp sah Al an.

»Als ihr Ehemann mußt du vor Gericht nicht gegen sie aussagen. Mann, das weiß doch jeder. Gott, Jupp, was hast du vor? Ist sie so gut in der Koje? Ist es das? Macht sie dich so heiß? Los, erklär's mir!« Al redete sich immer mehr in Rage.

»Und das, nachdem wir den Arsch für dich hingehalten haben«, nörgelte Käues.

»Darf ich dich dran erinnern, wer hier den Arsch hingehalten und wer ein Kantholz reingeschlagen hat?« erwiderte Jupp lakonisch.

»Du weißt genau, wie ich das gemeint hab!« verteidigte sich Käues.

»Ich warte!« forderte Al hartnäckig.

»Woher willst du eigentlich wissen, daß sie dich nicht noch mal umbringen will?« fragte Käues.

»Ich glaub nicht, daß sie es noch einmal versucht.«

»Ah, ich verstehe!« nickte Al. »Das werde ich auf deinen Grabstein meißeln lassen: Ich glaube nicht, daß sie es noch einmal versucht.«

»Und ich werde reinmeißeln: Hier ruht Jupp Schmitz, der dämlichste Typ auf dem ganzen verdammten Friedhof!« fügte Käues hinzu.

»Hoffentlich bleibt da noch Platz für mein Geburts- und Sterbedatum«, lächelte Jupp.

»Warum, Jupp! Sag mir nur: warum?« fragte Al verzweifelt.

Jupp zuckte mit den Schultern. »Ich weiß nicht, vielleicht habe ich immer davon geträumt.«

Al sah erst Käues, dann Jupp an. »Jupp«, begann er ernst, »du bist ein Arschloch!«

Jupp bestellte das Aufgebot und vereinbarte mit dem Standesbeamten, der ein guter Freund seines Vaters gewesen war, auf die obligatorischen neun Tage Aushangsfrist zu verzichten. Zwei Kästen Bier und eine Flasche Stephinsky halfen dem Beamten dabei, schnell einen freien Termin zu finden. Es blieben gerade mal drei Tage bis zur standesamtlichen Hochzeit.

Die Tage nutzten die künftigen Eheleute Jungbluth-Schmitz mit Vorbereitungen. Christine plante ein Fest, das nach ihrer Hochzeitsreise gefeiert werden sollte, glaubte Jupp. Jupp arbeitete in der Redaktion und stritt sich mit seinem Chef, glaubte Christine. Und so trafen sich beide, einen Tag vor der Vermählung, in Jungbluths Büro, wo Jupp gerade einen Haufen delikater Belege aus Jungbluths Privat-Archiven zusammensuchte und sie in einen leeren Ordner heftete, als sich die Türe leise öffnete. Christine betrat das Büro, rückwärts, die Vorhalle beobachtend, und schloß lautlos die Tür.

»Ich dachte, du schreibst Einladungen?« fragte Jupp harmlos.

Christine fuhr erschrocken herum. »Hast du nicht gesagt, du wärst in der Redaktion?« fragte sie hart zurück.

»Da muß ich wohl gelogen haben.«

»Noch nicht verheiratet, und schon belügst du deine zukünftige Frau? Du solltest dich schämen!«

»Später, vielleicht. Was suchst du denn?«

»Oh, nichts Besonderes. Ich wollte mir den Füllfederhalter meines Vaters ausleihen. Er hat eine breite Spitze für ein erstklassiges Schriftbild.«

Jupp suchte den Schreibtisch ab und fand den edlen Füller.

»Hier, bitte«, lächelte er und hielt ihn Christine hin, die ihn lustlos annahm.

»Und, was machst du hier?« fragte sie unschuldig.

»Belege sammeln«, gab Jupp ungerührt zurück.

»Was für welche denn?«

»Och, dies und das. Nichts Besonderes, eigentlich.«

Christine nickte. »Na ja. Danke für den Füller.«

»Gern geschehen. Ist noch was?«

»Nein«, lächelte Christine, »ich mach mich wieder an die Arbeit.«

»Fein«, lächelte auch Jupp.

Christine drehte sich um und ging zügig zur Tür.

»Du hast ja gar keine Schuhe an!« wunderte sich Jupp. Christine zögerte kurz und verließ den Raum.

Jupp atmete einmal durch, klemmte sich den Ordner unter den Arm, machte sich auf den Weg zu Brinner und deponierte dort die Unterlagen.

Später am Tag spazierte Jupp durch den Wald und ging seinen Gedanken nach. Eigentlich ging er nur einem Gedanken nach: Wie sollte er sich entscheiden? Für eine Heirat, für die Erfüllung eines albernen Jugendtraums, für eine Frau, die ihn nicht liebte, wahrscheinlich nicht einmal mochte, obwohl sie mit ihm schlief. Und dennoch: Gerade in diesen Momenten fühlte er sich sehr glücklich, und manchmal hatte er das Gefühl, daß es auch Christine glücklich machte. Selten hatte sich Jupp so hilflos und zerrissen gefühlt. Er liebte diese Frau, und es gab nichts, was dies ändern konnte.

Das Schlimme war, daß er dafür so ziemlich alles aufgeben mußte, was ihm bisher sonst noch lieb und teuer gewesen war. Al und Käues hatten sich geweigert, bei der Hochzeit dabei zu sein, und ließen keinen Zweifel daran, daß sie jedes Treffen boykottieren würden, bei dem Christiane anwesend war. Es war nur eine Frage der Zeit, wann sie dazu übergingen, Treffen zu boykottieren, bei denen Jupp anwesend war. Ein hoher Preis dafür, daß er seinen Kopf durchsetzen wollte. Und wie lange konnte eine Ehe zwischen ihm und Christine gutgehen? Der kleine Zwischenfall in Jungbluths Büro bewies, daß Christine nicht gewillt war, sich geschlagen zu geben. Wie lange konnte er sie bändigen, bevor sie einen Weg fand, ihn aus dem Weg zu räumen? Oder würde sie sich ändern? Vielleicht würde sie sich eines Tages zufrieden geben. Vielleicht auch nicht. Man wußte es erst sicher, wenn man es ausprobiert hatte.

Jupp beschloß, noch einmal nach Köln zu fahren. Er

hatte Christine vorgeschlagen, ihrem Vater von der bevorstehenden Hochzeit nichts zu sagen, weil sein Herz etwas Schonung brauchte. Christine war gleicher Meinung, aber Jupp vermutete, daß ihr der Umstand der Heirat mit ihm peinlich vor den Augen ihres Vaters war.

Man hatte Christines Vater inzwischen von der Intensivstation auf ein Einzelzimmer verlegt, wie es ein Privatpatient erwarten durfte. Jupp log die Krankenschwester an, daß er Jungbluths Sohn sei, und so kündigte sie ihn auch an, als sie Jungbluths Zimmer betraten. Jungbluth sah ihn neugierig an, deckte den Schwindel aber nicht auf.

»Guten Tag, Herr Jungbluth!« sagte Jupp freundlich, als die Schwester bereits das Zimmer verlassen hatte. »Wie geht es Ihnen?«

Manfred Jungbluths Stimme verriet keine Feindseligkeit: »Die Quacksalber hier meinen, daß ich mich wahrscheinlich wieder vollständig erhole. Aber sie bestehen darauf, daß ich mich aus dem Geschäftsleben zurückziehe. Irgendwie habe ich das Gefühl, daß so ziemlich jeder der Meinung ist, daß ich mich aus dem Geschäftsleben zurückziehen soll. Komisch, was?«

Jupp nickte. Dann sah er Jungbluth ernst an. »Finden Sie, daß ich ein guter Geschäftsmann bin?«

Manfred Jungbluth sah verwirrt aus. »Ich weiß nicht. Worauf wollen Sie hinaus?«

»Ich habe alle Ihre Unterlagen. Und ich habe ein unterschriebenes Geständnis Ihrer Tochter. Was Sie aber wirklich interessieren sollte, ist, daß sie mir vorschlug, sie zu heiraten.«

»Was?!« fragte Jungbluth fassungslos.

»Bitte regen Sie sich nicht auf«, versuchte Jupp zu beruhigen.

Jungbluths Züge entspannten sich, obwohl Jupp bezweifelte, daß er sich wirklich abregte. Der Fabrikant sah blaß aus, und Jupp entdeckte tiefe Falten in seinem Gesicht, die er bei ihren ersten Treffen nicht bemerkt hatte. Man hatte ihn an einen Tropf gehängt, deren Nadel sich unter einem Pflaster auf seinem Handrücken verbarg.

»Jetzt verstehe ich«, sagte Jungbluth und schloß die Augen. »Mann, ist das gerissen. Wenn Sie heiraten, gehört Ihnen die Hälfte der Firma, die Hälfte von allem. Und wenn meiner Tochter etwas zustößt, sagen wir, lebenslange Haft, dann gehört Ihnen sozusagen alles. Und ich wollte Ihnen einen Posten in München verschaffen. Das ist wirklich lächerlich.«

Jupp entgegnete zunächst nichts darauf; dann fragte er: »Wenn die Dinge damals anders gelaufen wären, wenn ich stur geblieben wäre, hätten Sie mich wirklich geopfert, um Ihre Tochter zu retten?«

»Ja.«

»Auch heute noch?«

Jungbluth schwieg, knetete aber nervös seine Finger. Jupp glaubte, die Antwort in seinem Gesicht lesen zu können.

»Vielleicht ist der Zeitpunkt, sich aus dem Geschäftsleben zurückzuziehen, gar nicht mal so schlecht. Sie und ich wissen, daß ich mir einen Wolf prozessieren kann, und trotzdem stehen die Chancen, daß ich die Firma auf diesem Weg zurückbekomme, sehr schlecht.«

Jupp zuckte mit den Schultern. »Ich bin keine Jurist. Es gibt bestimmt Mittel und Wege, wer weiß.«

»Wenn schon. So ein Prozeß zieht sich über Jahre, und wenn ich ihn nicht überlebe, tritt Christine ihr Erbe an. Sie sind dann immer noch ihr Ehemann, nicht wahr? Damit wären wir wieder am Anfang, nur mit dem Unterschied, ein paar Anwälte reich gemacht zu haben.«

Eine Weile war es erneut still in dem Zimmer. Schließlich fragte Jungbluth: »Warum sind Sie eigentlich hier? Wollen Sie sich an mir rächen? Ihren Triumph auskosten?«

Jupp stand auf, ging zum Fenster und stierte hinaus. »Ich weiß es nicht, Herr Jungbluth. Ich weiß es wirklich nicht!«

Wieder Schweigen.

»Sie hatten einen Streit mit Christine, als Sie den Infarkt bekamen?« fragte Jupp nach einer Weile.

Jungbluth sah auf Jupps Rücken. »Gibt es irgend etwas, was Sie nicht wissen?«

Jupp drehte sich um. »Ja«, sagte er ruhig, »aber es hat nichts mit den Vorfällen zu tun, die Sie ins Krankenhaus gebracht und mich vor eine schwierige Entscheidung gestellt haben.«

»Sie möchten von mir hören, ob Sie Christine heiraten sollen? Ob Christine Ihnen eine gute Ehefrau wird? Sind Sie deswegen hier?«

Jupp drehte sich zu Jungbluth, sagte aber nichts.

»Schon möglich«, sagte Jungbluth ruhig. Fast glaubte Jupp, ein Lächeln auf seinem Gesicht erkennen zu können.

»Nehmen wir an, ich verzichte auf eine Heirat ...« begann Jupp.

»... und ich würde mit Ihrer Hilfe wieder die Leitung der Firma übernehmen?« fragte Jungbluth.

Jupp nickte.

»Wie würde ich mich dann verhalten? Möchten Sie das wissen?«

»Ja.«

»Wie sollte ich mich denn verhalten?«

»Ich stelle zwei Bedingungen. Erstens: der geplante Neubau der Jungbluth-Chemie wird nicht an der Stelle stattfinden, den Sie – oder wahrscheinlich eher Ihre Tochter – sich dafür ausgeguckt haben.«

»Das ist kein Problem. Ich habe dem Vorhaben nur zugestimmt, weil Christine besondere Pläne hatte. Mittlerweile weiß ich ja, wozu sie die neuen Anlagen brauchte.«

»Gut. Zweitens: Christine darf nie wieder in die Firma zurückkehren! Sie müßten Sie enterben.«

Jungbluth lehnte sich ins Kopfkissen zurück und starrte an die Decke. »Nehmen wir an, ich sage ja ...«

» ... nehmen wir an, der nächste Herzinfarkt, den Sie dank Ihrer Tochter haben werden, ist der letzte ...«

Ein paar Minuten verstrichen, in denen niemand sprach. Dann stimmte Jungbluth zu.

Bevor sich Jupp zum Gehen wandte, fragte Christines Vater, ob er keine Angst hätte, daß er Jupp betrügen könnte.

Jupp lächelte zum ersten Mal, seit er das Zimmer betreten hatte, und schüttelte den Kopf.

Jupp hatte eine schlaflose Nacht verbracht und wartete übernächtig im Smoking in der gewaltigen Vorhalle der Jungbluth-Villa auf die Braut.

»Christine?«

»Was ist denn?« rief sie von den oberen Räumen herunter.

»Dauert's noch lange?«

Christine erschien an der Brüstung. Sie sah genervt aus, schien aber fertig angezogen zu sein.

»Ich bin fast fertig, mein Gatte!«

Sie hatte schlechte Laune an ihrem Festtag. Und sie gab sich nicht gerade viel Mühe, ihren Spott zu unterdrücken.

»Gut, ich warte im Eßzimmer!«

Jupp setzte sich in einen der bequemen Ledersessel und betrachtete seine blankpolierten Schuhe, als es leise an der Tür klopfte.

»Komm rein!« sagte Jupp leise.

Schröder hatte Handschuhe an, als er den Raum betrat. Er stellte das Whiskyglas auf das Beistelltischchen, setzte sich und zog die Handschuhe aus. Das Whiskyglas war genauso voll wie vor ein paar Tagen.

»Ich habe Flüssigkeit und Glas getrennt voneinander aufbewahrt«, berichtete er emotionslos, »die Fingerabdrücke sind so frisch wie am ersten Tag!«

Jupp nickte zustimmend. »Sie ist noch oben. Zieht sich um, oder schminkt sich, oder was weiß ich.« Er griff in die Innentasche seines Anzuges, zückte ein Kuvert und gab es Schröder.

»Du mußt noch das richtige Datum einsetzen.«

Schröder nickte. »Es wird keine Probleme geben«, sagte er und lehnte sich entspannt zurück. »In wenigen Stunden wird Christine Jungbluth in U-Haft sitzen.«

Der Mann im Spiegel

Es war früher Nachmittag, als Jupp die Villa Jungbluth verließ. Die schwere Eichentür fiel hinter ihm leise schmatzend ins Schloß. Nach ein paar Metern schaute er zurück.

Er hatte sich bis heute nicht die Mühe gemacht, die Villa einmal genau anzusehen. Ein wilhelminisches Haus, an Pracht und Schönheit einzigartig in der ganzen Gegend. Sie stand erhöht, wie es sich für ein solches Anwesen gehörte. Stolz thronte sie über ihrer Umgebung; ein unerschütterliches Dokument von Reichtum und Ebenmaß. Jupp beschloß, niemals wieder dieses Haus zu betreten.

Er dachte an Christine, an seine Liebe und an das, was er ihr angetan hatte. Sie hätten doch so glücklich sein können, wenn Christine nicht gerade vorgehabt hätte, ihn umzubringen. Jetzt, da sie aus seinem Leben verschwinden würde, spürte er wieder diese Sehnsucht, die ihn schon als Teenager verrückt gemacht hatte. Warum hatte sie sich nicht ändern können? Und warum war er auf sie hereingefallen? Jupp schluckte schwer. Irgendwie saß er schon wieder ihretwegen auf der Ersatzbank. Aber das gehörte wohl auch zu den unabänderbaren Dingen neben Geburt, Tod, buckliger Verwandtschaft und Niederlagenserien des SV Dörresheim.

Jupp entschied, daß Käues und Al ihn heute abend trösten durften. Zusammen mit ihnen würde er endlich versuchen, seine lächerlichen Trinkleistungen auf olympisches Niveau zu bringen.

Vor der Einfahrt wartete sein schäbiger Käfer auf ihn. Es gab noch eine Sache zu klären, für die er bis jetzt weder Zeit noch Muße hatte. Der Käfer sprang gleich beim ersten Mal an. Während der knapp halbstündigen Fahrt überlegte Jupp, wie sich der alte Jungbluth wohl verhalten mochte. Kam er vielleicht doch noch auf die Idee, sich mit seiner verkommenen Tochter zu verbünden? Aber er hatte nichts in den Händen, ebensowenig wie sie. Er würde seine Tochter nicht mehr retten können.

Jupp bedauerte den Menschen Manfred Jungbluth. Zum ersten Mal in seinem Leben konnte Jungbluth die Augen nicht vor der Wahrheit verschließen, diesmal nicht. Ein Mann, der sein einziges Kind über die Maßen liebte und es auf eine gewisse Art und Weise aufgeben mußte.

Jupp überlegte, ob ihm andere Dinge einfielen, die ähnlich schwierig zu bewältigen waren, aber es fiel ihm nichts ein. Was ist das bloß für eine Welt, dachte er entnervt.

Das Tor von Bauer Lehmann in Sittscheidt stand offen, so daß Jupp auf den Hof fahren konnte. Er stellte seinen Wagen ab und äugte angestrengt aus dem Seitenfenster. Der Köter schien nicht da zu sein, aber so etwas Ähnliches hatte er ja schon einmal gedacht.

Jupp öffnete vorsichtig die Wagentür und stieg langsam aus, überlegte kurz, ob er näher mit dem Wagen ranfahren sollte, marschierte dann aber los. Nach knapp der Hälfte der Strecke hörte Jupp ein tiefes Knurren hinter sich. Er drehte sich um und sah zum ersten Mal einen alten Bekannten in voller Beleuchtung. Eine Promenadenmischung, nicht sonderlich groß, glotzte ihn feindselig an. Jupp fragte sich, wie so ein kleiner Hund nicht nur so tief knurren, sondern auch so fest zubeißen konnte, trat einen Schritt zurück und näherte sich langsam der rettenden Tür. Der Hund trat einen Schritt vor.

»Braver Wastl!« versuchte ihn Jupp zu beruhigen und näherte sich einen weiteren halben Meter der rettenden Tür. Der Hund rückte eins vor. Jupp schaute über seine Schulter, schätzte den Abstand zum Eingang auf fünf, sechs Meter, wirbelte auf dem Absatz herum und sprang mit großen Sätzen voran. Der Hund zog nach und verkürzte rasch den Abstand. Hoffentlich nicht geschlossen, schoß es Jupp durch den Kopf, und er drückte die Klinke nach unten. Die Tür war auf, und er huschte hindurch, bevor der Köter ihn ein zweites Mal erwischen konnte. Vor dem Haus begann eine wütendes Gebell.

Jupp war in der Waschküche gelandet. Es war feucht, warm und roch nach Stall. Ein paar schmutzige Hosen, Hemden und Unterwäsche lagen in einem Wäschekorb. Daneben eine recht moderne Waschmaschine, die gerade ihr Bestes gab, ihre Ladung porentief zu reinigen. Jupp konnte eine weitere Tür im Dämmerlicht ausmachen. Er klopfte.

»Herein!« rief eine Frauenstimme.

Jupp öffnete vorsichtig, erkannte gleich die Wohnstube der Lehmanns. Hitze schlug ihm entgegen, als er den niedrigen Raum betrat. Die alte Lehmann saß auf ihrem Stuhl, dick eingehüllt in Schwarz und starrte zum Fenster hinaus, einen Rosenkranz zwischen ihren Fingern haltend.

»Minge Sohn es net do«, sagte sie, während Jupp sich einen Sitzplatz suchte.

»Das macht nichts. Ich wollte auch mit Ihnen sprechen«, gab Jupp zurück und zog seinen Mantel aus. Die Hitze in dem Raum war schier unerträglich.

Die alte Bauersfrau sah ihn an. »Met mir?«

Jupp nickte. Insgeheim war er froh, Bauer Lehmann nicht treffen zu müssen. Sollte die Untersuchung der ganzen Angelegenheit abgeschlossen werden, würden ein paar Bauern in der Gegend nicht besonders gut auf ihn zu sprechen sein. Lehmanns Name stand auch auf der Diskette des Doktors.

»Worüm dat dann?«

»Es geht um Ihre Elsa«, sagte Jupp.

Die alte Frau wandte ihren Kopf wieder dem Fenster zu. Ihre Finger tasteten während der ganzen Zeit nach den Kugeln ihres Rosenkranzes.

Jupp schwieg einen Moment, bevor er sagte: »Ich weiß jetzt, wer sie umgebracht hat!«

Die alte Frau zeigte keine Regung.

»Ich hab so eine Ahnung, warum Sie es getan haben, würde es aber ganz gerne von Ihnen hören.«

Die alte Frau klapperte leise mit ihrem Rosenkranz. Dann murmelte sie, kaum hörbar, aber trotzig: »Mein Leben lang bin ich nun Bäuerin. Wir haben immer Schweine auf dem Hof gehabt. Ich weiß, wie ein Schwein aussieht, wie es riecht, wie es sich verhält und wie groß es wird, bevor es zur Schlachtung geht.«

Sie machte eine kurze Pause. Jupp war überrascht, daß sie nun fast reines Hochdeutsch sprach.

»Elsa war ein ganz normales Schwein – anfangs. Aber sie wurde immer größer. Mit jedem Tag wurde sie größer und größer. Sie haben sie ja gesehen. Kein Schwein wird so groß, wenn nicht der Teufel drinsteckt!«

Jupp nickte zustimmend.

»Sie war böse«, fuhr die Bäuerin fort, »manchmal versuchte sie, mich zu beißen, an anderen Tagen war sie lammfromm. Zum Schluß konnten wir sie nicht mehr mit den anderen Schweinen zusammenlassen. Sie ließ den anderen Tieren nichts übrig vom Futter. Es war ... ich meine, sie hatte ständig Hunger. Sie fraß und fraß und fraß. Mein Sohn hat sich über ihr Wachstum gefreut. Mir hat sie Angst gemacht, jeden Tag ein bißchen mehr.«

»Und eines Tages haben Sie beschlossen, sie umzubringen.«

»Der Teufel steckte in dem Tier. Ich mußte es tun«, stieß die alte Frau entschlossen hervor.

»Elsa hätte bestimmt eine Mordsrandale angefangen, wenn ein Fremder versucht hätte, sie mitten in der Nacht aus dem Stall zu bringen. Überhaupt, warum hätte sich ein Außenstehender die Mühe machen sollen, sie aus dem Stall zu locken? Elsa ging mit jemandem nach draußen, den sie kannte. Es gab keine Kampfspuren auf dem Feld. Schon seltsam, kein Schwein läßt sich in aller Seelenruhe aufschlitzen. Nicht so seltsam, wenn man bedenkt, daß sie betäubt wurde.«

Die Bäuerin nickte mit dem Kopf. »Es war sehr leicht. Der Doktor. Er war sehr oft hier und hat nach Elsa geschaut. Er hat meinem Sohn Spritzen hiergelassen und Beruhigungsmittel, falls sie einmal wieder wütend werden sollte. In jener Nacht bin ich in den Stall und habe ihr ein paar Spritzen gegeben. Ich wußte nicht, wieviel, aber nach einer kleinen Weile war Elsa ganz ruhig. Dann bin ich mit ihr aufs Feld. Ich wollte keine Schweinerei im Stall. Elsa hat sich dort hingelegt. Ich habe noch etwas gewartet, bis sie eingeschlafen war. Dann habe ich sie aufgeschlitzt. Ich glaube, sie hat es gar nicht gemerkt.«

Jupp sah die Frau traurig an, die wieder aus dem Fenster starrte. »Das Herz hat jemand herausgeschnitten, der etwas von Schweinen verstand. Ich hätte es wahrscheinlich nicht gefunden, erst recht nicht in der Dunkelheit. Niemand hatte Interesse am Tod der Sau. Ihr Sohn nicht, der Doktor nicht und Ihre Nachbarn wohl auch nicht. Was haben Sie damit gemacht?«

»Verbrannt!«

Jupp sah auf den Ofen. Was hätte sie auch sonst damit tun können? »Weiß Ihr Sohn Bescheid?«

Die alte Frau schüttelte den Kopf.

Jupp stand auf, nahm seinen Mantel und ging.

Daß der Hund sich drohend vor seinem Auto aufgebaut hatte, nahm Jupp nur beiläufig zur Kenntnis. Er dachte über Frau Lehmann nach. »Jupp, zünd et aan«, hatte sie gezischt, »do steck dä Düwel dren!« Im ersten Moment war er zusammengezuckt, dann hatte er bemerkt, daß die Frau zu ihrem Sohn sprach. Sie hatte nichts verstanden, und doch hatte sie die Lösung gewußt: Viele Dinge hatten es verdient zu brennen.

Kurz bevor Jupp seinen Käfer erreicht hatte, griff der Hund an. Jupp überlegte nicht lange, holte aus und traf ihn hart mit dem Fuß an der Brust. Der Köter flog jaulend durch die Luft, landete fast drei Meter weiter und überschlug sich, stand sofort wieder, glotzte Jupp an und trollte sich. Jupp bedauerte dies. Sie hatten sich gerade erst richtig bekannt gemacht.

Fast vier Monate vergingen, die Christine in Untersuchungshaft verbrachte, bis es schließlich losging.

Die Stühle des großen Saals des Euskirchener Amtsgerichtes waren bis auf den letzten Platz besetzt. Ein paar Neugierige mußten sogar stehen. Jupp wartete vor dem Verhandlungssaal und guckte aus dem Fenster. Er öffnete es und bemerkte im Spiegelbild der Scheibe ein bekanntes Gesicht.

»Na, wieder hergekommen, um zu stänkern?« fragte

Jupp in das Spiegelbild und drehte sich um. Diesmal musterten ihn die blauen Augen des Mercedes-Fahrers mit gemäßigtem Interesse.

»Warum?«

»Noch vor ein paar Monaten haben Sie mir doch großzügig Ihre Hilfe angeboten, im Kampf gegen böse Kapitalisten, die Ihnen Ihr Naherholungsgebiet zubauen wollten!«

»Warum sollte ich jemanden wie Ihnen meine Hilfe anbieten?«

Jupp sah ihn aufmerksam an. »Hm, wie ich sehe, haben Sie sich wohl ein anderes Naherholungsgebiet zugelegt.«

Der Mercedes-Fahrer zuckte mit den Schultern. »Nein, ich werde auch weiterhin in die Eifel fahren.«

»Was wollen Sie eigentlich von mir?« fragte Jupp, dem der arrogante Ton des Mercedes-Fahrers allmählich auf die Nerven ging.

»Ich wollte mir nur noch einmal Ihr vertrotteltes Bauerngesicht ansehen, mehr nicht.«

»Sie sind verheiratet?« fragte Jupp und blickte auf die Hände des Mercedes-Fahrers.

»Was hat das ...«

»Wie würde es Ihnen gefallen, wenn ich Ihrer Frau von Ihren Verhältnissen erzähle ... Dr. Dr. Beck?«

»Sie wissen, wer ich bin?« fragte Beck erstaunt.

Jupp zuckte mit den Schultern. »Und mit wem Sie es in Ihrer Ehe so getrieben haben? An Ihrer Stelle würde ich etwas leiser treten. Nach dem deutschen Scheidungsrecht müssen Sie fünfzig Prozent Ihres Besitzes an Ihre Frau abtreten, sollte es zu einer Scheidung kommen.«

»Sie impertinenter Bauernschädel! Wer bin ich denn, daß ich mir von Ihnen so etwas anhören muß?«

Jupp war gänzlich unbeeindruckt. »Hören Sie, wenn Sie ein ganzer Kerl wären, würden wir beide rausgehen und das wie Männer erledigen. Aber in Ihrem Fall würde mir natürlich ein Klage ins Haus stehen. Und das lohnt nicht!«

»Natürlich, Sie verdammter Hungerleider. Ich würde Ihr kümmerliches Gehalt bis ans Ende Ihrer Tage pfänden lassen. Und jetzt entschuldigen Sie mich bitte. Der Prozeß beginnt gleich!«

»Nur noch eins«, beharrte Jupp. »Warum haben Sie sich damals in die Sitzung eingemischt?«

Dr. Beck drehte sich wieder zu Jupp und sah ihn lauernd an. Dann zuckte er mit den Schultern.

»Ich weiß nicht. Ich glaube, ich wollte nur ein wenig stänkern.«

»Und jetzt nicht mehr?«

Die letzte Frage mußte Jupp ihm hinterrufen. Der Mann ging den Flur entlang, und es schien, als würde er den Ausgang des Euskirchener Amtsgerichtes suchen. Daß er es nicht tat, erfuhr Jupp ein paar Minuten später.

Jupp saß in der ersten Reihe des Zuschauerraums, obwohl er eigentlich am Pressetisch hätte sitzen sollen. Dort warteten die Kollegen des *Stadt-Anzeigers*, der *Rundschau* und des *Blickpunkts* ungeduldig, daß Richter Keller den Prozeß eröffnete.

Christine betrat den Saal, begleitet von ihrem jungen Anwalt und einem uniformierten Beamten. Auf Handschellen hatte man offensichtlich verzichtet. Christine wirkte ungewöhnlich ruhig, sah den Zuschauern fest ins Gesicht, bis ihr Blick an Jupp hängenblieb. So sahen sich beide eine Weile an. Sie ist schöner denn je, dachte Jupp. Ihr Verteidiger zupfte an ihrem Ärmel und flüsterte etwas in ihr Ohr. Christine lächelte, sah ihren Anwalt dankbar an und legte ihre Hand in die seine, nur ganz kurz, fast flüchtig. Aber Jupp sah es. Einen Moment lang bekämpfte Jupp seine Eifersucht, dann schüttelte er den Kopf.

Christine hatte ihren Verteidiger gut gewählt. Vielleicht war er noch unerfahren, vielleicht hätte ein prominenter Anwalt das Gericht einschüchtern können, aber kein Star-Anwalt würde dem jungen Mann an Christines Seite in diesem Prozeß das Wasser reichen können. Dieser Mann wird kämpfen, dachte Jupp traurig, er wird um seine Christine kämpfen.

Richter Keller betrat den Raum, und die Wartenden erhoben sich. Es ging los. Der Staatsanwalt verlas die Anklage.

»Abschließend kommt die Staatsanwaltschaft zu der Auffassung, daß es sich bei dem Verbrechen an Dr. Mark Banning nur um vorsetzlichen Mord handeln kann und auch beim versuchten Mord an dem später zu vernehmenden Zeugen Josef Schmitz niedere Motive das Handeln bestimmten.«

Christine nahm die Anklage ungerührt zur Kenntnis. Ihre Ruhe machte Jupp nervös. Sie hatte einen Trumpf im Ärmel. Das war ihr deutlich anzusehen. Ihr Anwalt erhob sich und sah Richter Keller an.

»Sehr geehrter Herr Vorsitzender! Wir haben die Anklage gehört und rufen unseren ersten Entlastungszeugen auf!«

Der Gerichtsdiener öffnete die Tür des Gerichtssaals. Dr. Dr. Justus Beck betrat den Saal. Sein erster Blick galt Christine, die ihn halb unterwürfig, halb dankbar ansah. Beck schaute höchstens eine Sekunde zu ihr hin, gerade lange genug, daß Jupp erkennen konnte, was die Stunde geschlagen hatte. Auch Christines Anwalt war der Blick nicht entgangen. Er räusperte sich laut und rutschte unruhig auf seinem Stuhl hin und her.

Beck setzte sich auf den Stuhl vor das Richterpult, und Richter Keller forderte ihn auf, seine Personalien zu Protokoll zu geben. Dann übernahm er die Befragung.

»Ehrlich gesagt, frage ich mich, inwiefern Sie der Angeklagten als Entlastungszeugen dienen können. In den Protokollen der Polizei wird Ihr Name nicht einmal erwähnt. Oder habe ich da etwas übersehen, Herr Staatsanwalt?«

Der Staatsanwalt schüttelte den Kopf.

»Frau Jungbluth befindet sich in ambulanter psychischer Behandlung in meiner Praxis.«

»Auch davon steht nichts in den Akten.«

»Nun, sie unterbrach die Behandlung auf eigenen Wunsch vor ein paar Jahren. Aber Frau Jungbluth nahm vor wenigen Wochen wieder Kontakt mit mir auf und bat um fachgerechte Hilfe.«

»Und?«

»Nun, als ich ihrem Anwalt vom Zustand meiner Patientin unterrichtete, bat er mich, als Zeuge vor Gericht aufzutreten.«

Richter Keller wandte sich an Christines Anwalt. »Herr Anwalt, wenn ich um Aufklärung bitten dürfte?«

Der junge Anwalt stand auf und räusperte sich leise. »Herr Vorsitzender, Herr Staatsanwalt«, sagte er dann mit klarer Stimme und einer kleinen Verbeugung vor Keller und dem Staatsanwalt. »Dr. Dr. Beck erklärte mir, nachdem ihn Frau Jungbluth von seiner Schweigepflicht entbunden hat, daß die Angeklagte aufgrund eines psychischen Leidens zur Tatzeit nicht schuldfähig gewesen sein kann.«

»Woher wollen Sie das wissen?« fragte Keller den Psychiater. Der junge Anwalt kam der Antwort zuvor und griff nach der Akte, die Jupp auch schon in der Hand gehalten hatte.

»In dieser Krankenakte kann sich das Gericht davon überzeugen, daß Dr. Dr. Beck, im übrigen ein in Fachkreisen hochgeschätzter Spezialist auf seinem Gebiet, schon vor Jahren ausgeprägte manische Störungen in der Persönlichkeitsstruktur erkannt hat. Weiterhin kam er damals zu der Überzeugung, daß die Angeklagte bis zu dem heutigen Tag nur bedingt geschäfts- und zurechnungsfähig war beziehungsweise ist, sollte sie sich nicht einer langwierigen Therapie unterziehen. Wie wir wissen, hat sie die Behandlung abgebrochen, so daß wir davon ausgehen müssen, daß sich ihr geistiger Zustand eher verschlechtert denn verbessert hat. Daher fordern wir einen Freispruch wegen Schuldunfähigkeit!«

Gemurmel huschte durch die Zuschauerreihen. Jupp kaute nervös an seinen Nägeln. Davon hatte in den Vorverhandlungen natürlich niemand ein Wort gesagt. Mit der Überraschung hatten sie gewartet – bis heute. Und sie war ihnen gelungen.

Staatsanwalt und Richter sahen sich etwas ratlos an. Offensichtlich hatten sie mit einem reibungslosen Ablauf des Verfahrens gerechnet.

Richter Keller räusperte sich. »Stimmt das, Dr. Beck?«

Beck ließ sich mit der Antwort Zeit. Jupp beobachtete Christine, die plötzlich erhebliche Nervosität zeigte. Mit der Entbindung der Schweigepflicht hatte sie sich Beck ausgeliefert. Dem Mann, den sie vor Jahren mit gebrochenem Herzen zurückgelassen hatte. Dem Mann, der sich hier und heute rächen konnte. Beck hatte immer noch nicht geantwortet, und Jupp hielt den Atem an.

»Dr. Beck?« fragte Keller.

Beck sah erst Christine, dann den Richter an und antwortete: »Ja, das stimmt.«

Richter Keller wandte sich wütend an Christines Anwalt. »Hören Sie, Herr Anwalt!« sagte er streng. »Ich nehme an, daß Sie noch nicht lange praktizieren. Trotzdem dürften Sie mit den Regularien einer Verhandlung vertraut sein, oder?«

»Natürlich, Herr Vorsitzender!« erwiderte der junge Jurist.

»Großartig«, meinte Keller und unterdrückte mühsam seinen Ärger. »Dann wissen Sie ja auch, was jetzt passiert?«

»Das Gericht muß sich vertagen«, flüsterte der Anwalt unsicher.

»Allerdings!« zischte Keller. »Können Sie mir vielleicht sagen, was Sie sich dabei gedacht haben?«

»Entschuldigung«, sagte der Verteidiger, »ich habe erst sehr spät davon erfahren.

»Ich hoffe, das stimmt, Herr Anwalt! Die Staatsanwaltschaft wird ohnehin ein amtliches Gutachten anfordern müssen«, wetterte Keller und richtete sich auf. »Das Gericht vertagt sich bis auf weiteres!«

Jupp wußte, daß er verloren hatte. Natürlich würde ein amtliches Gutachten angefertigt werden, aber man würde Becks Analyse wohl kaum widerlegen, mal davon abgesehen, daß eine Frau wie Christine durchtrieben genug war, sogar einen Amtsarzt von einer Psychose zu überzeugen.

Der Witz war, daß Christine tatsächlich freigesprochen werden würde. Juristisch gesehen, war sie für den Mord an Banning und den Mordversuch an ihm, Jupp, nicht zu belangen. Allerdings würde das Gericht sie wegen einer negativen Gefährlichkeitsprognose in eine geschlossene Anstalt einweisen. Und dort, wie könnte es anders kommen, würde Christine schon nach wenigen Jahren wieder »geheilt« und ein anständiges Mitglied unserer Gesellschaft werden. Jupp schauderte bei dem Gedanken, daß Christines behandelnder Arzt ein Mann sein könnte. Dann würde ihr Heilungsprozeß wohl noch schneller verlaufen.

Christine hatte es geschafft und sich diesmal wohl selbst übertroffen. Fast müßte ich sie dafür bewundern, dachte Jupp enttäuscht, dazu gehört schon etwas mehr, als nur ein paar jahrtausendalte Tricks, einen Mann zu fesseln, den sie jahrelang mit nicht beantworteter Liebe gequält und gedemütigt hatte, als ihre Marionette seiner törichten Gefühle, einen Mann, der menschliches Fehlverhalten berufsbedingt besser kannte als irgend jemand anders. Aber was hatte ihm sein Wissen genutzt? Seine Intelligenz? Seine Ausbildung? Alles, wozu er sich imstande zeigte, war, seine eigene Akte zu fälschen, damit Christine dem Gefängnis wegen Schuldunfähigkeit entging.

Eine letzte Frage blieb, die sich Jupp noch nicht beantwortet hatte. Warum hatte der Psychiater bei der Ratssitzung herumgestänkert, wenn er Christine heute aus der Klemme half? Wollte er damals aus Rache Christine oder ihrem Vater Schwierigkeiten machen? Oder suchte er über seinen Auftritt wieder Kontakt zu der Frau, die er offensichtlich immer noch liebte? Jupp wußte nicht, ob Beck ihm die Frage wahrheitsgemäß hätte beantworten können oder wollen. Aber was für eine Rolle spielte es noch?

Und es gab nichts, was Jupp gegen den Schwindel hätte unternehmen können. Wie sollte er dem Gericht erklären, daß er Einsicht in eine vertrauliche Akte gehabt hatte, ohne sich selbst und Frau Meerheim zu belasten? Und, selbst wenn er es täte, würde Frau Meerheim nicht alles abstreiten? Schließlich ging es um ihren Ruf und ihre Stelle. Außerdem war sie selbst genau so ein Opfer der Umstände wie der Doktor. Nein, ganz ohne Zweifel: Jupp hatte verloren.

Das war also das Spiel der Großen, das Christine so gerne spielte. Jupp mußte zugeben, daß die Regeln so einfach wie widerwärtig waren: Es blieb immer nur einer übrig.

Das war alles.

Christine lächelte ihn an, was Jupp eine Gänsehaut verursachte. Sie wird wiederkommen, dachte er ängstlich, eines Tages ist sie wieder da, mit neuen Plänen, mit neuen Zielen und mit einem alles beherrschenden Trieb: Rache.

Aber noch war es nicht so weit. Für heute blieb er, Jupp, erst einmal übrig.

Jupp zog sein Portemonnaie und nahm Christines Zeitungsbild, das er vor unendlich langer Zeit, wie ihm schien, herausgeschnitten hatte, heraus und zerriß es. Dann stand er auf und ging.

»Und? Wie ist es ausgegangen?« fragte ihn Herbert Zank aufgeregt, als Jupp die Redaktion betrat.

»Weiß nicht, Chef.«

Zanks Schläfen traten heraus, was Jupp überaus entspannend fand.

»Das Gericht hat sich vertagt«, versuchte er ihn zu beruhigen.

»Warum?«

»Weil sie einen Psychoschaden hat, Chef.«

»Ach so, ich habe mich schon gefragt, warum eine Frau wie sie jemanden wie dich heiraten will. Und außerdem, habe ich dir nicht schon tausend Mal gesagt, daß ich es nicht leiden kann, wenn du Chef zu mir sagst. Ich heiße Zank, capito?« Zanks Schläfen pulsierten jetzt gefährlich.

Jupp grinste unverschämt. Er liebte diese blauen Wölbungen. »Capito«, lächelte er milde, » ... Chef.«

Eifel-Krimis von Andreas Izquierdo

Der Saumord
ISBN 3-89425-054-2

In Dörresheim geschieht Seltsames: Die vielversprechende Zuchtsau Elsa wird aufgeschlitzt, und die preisgekrönte Kuh Belinda begeht Selbstmord. Jupp Schmitz, Reporter des ›Dörresheimer Wochenblattes‹, glaubt nicht an einen Zufall. Bei seinen Recherchen legt er sich nicht nur mit dem mächtigen Fabrikanten Jungbluth an, sondern zieht den Haß aller Dörresheimer auf sich und gerät schließlich selbt unter Mordverdacht. Einzig Jupps Jugendliebe Christine hält zu ihm.

»Der Saumord ist eine Geschichte mit haarsträubenden Bildern, urkomischen Szenen und seltsamen Typen. Eine Geschichte voll ernster Inhalte, menschlicher Schwächen und echter Freundschaft.« (Blickpunkt)

Das Doppeldings
ISBN 3-89425-060-7

Eine wertvolle Münze aus der Antike wird gestohlen. Dann taucht sie wieder auf, wird wieder gestohlen. Eine Menge Leute scheinen sie besitzen zu wollen. Auch Jupp Schmitz, Redakteur des »Dörresheimer Wochenblattes«, macht sich auf die Suche. Derweil kämpft die »IG Glaube, Sitte, Heimat« für die Schließung des kürzlich eröffneten Bordells.

Jede Menge Seife
ISBN 3-89425-072-0

Der kanadische Seifenopern-Spezialist Herb Buffy soll der schlappen Serie »Unser Heim« quotenmäßig auf die Sprünge helfen. In den Colonia-Studios und beim Außendreh in Dörresheim beginnt eine dramatische Krimi-Oper. Die Serienhelden werden entführt, Reporter Jupp Schmitz in einer Scheune in Dörresheim halbtot geschlagen.

Schlaflos in Dörresheim
ISBN 3-89425-243-X

Hat ein Geilheitsvirus die Ställe der Dörresheimer Bauern befallen? Verfügt ›Föttschesfühler‹ Martin über die Viagra ähnlichen magischen Kräfte? Ein düsteres Familiendrama bildet den Hintergrund dieser Ermittlungsburleske voller Komik und Sprachwitz.

»Pegasus«-Krimis von Ard & Junge

Das Ekel von Datteln
1. Band der PEGASUS-Serie ISBN 3-89425-426-2
»Gründlich ausrecherchiert - darum sehr realitätsnah - ist die Szenerie an den Schauplätzen des kriminellen Geschehens.«
(Ruhr-Nachrichten)

Das Ekel schlägt zurück
2. Band der PEGASUS-Serie ISBN 3-89425-010-0
»Tempo, Spannung, der milieusichere Blick in die rauhe Herzlichkeit des Revier-Genossen-Filzes.« (Manfred Breuckmann/WDR)
»...freche, vergnügliche Polit-Satire von manchmal sympathischer, manchmal abstoßender Bösartigkeit.« (WAZ)

Die Waffen des Ekels
3. Band der PEGASUS-Serie ISBN 3-89425-021-6
»Genial springen die Autoren zwischen mehreren Handlungssträngen, spielen mit der deutschen Sprache wie mit Verdachtsmomenten; so entsteht Lesevergnügen vom Feinsten.« (SCHNÜSS, Bonn)

Meine Niere, deine Niere
4. Band der PEGASUS-Serie ISBN 3-89425-028-3
PEGASUS, das berühmteste Videoteam zwischen Marten, Oespel und Lütgendortmund, deckt kriminellen Organhandel auf - und natürlich mischt »Ekel« Roggenkemper wieder mit.

Der Witwenschüttler
5. Band der PEGASUS-Serie ISBN 3-89425-044-5
Doppelmord in Recklinghausen: Die Opfer sind der Umweltminister von NRW und seine Geliebte. Private Rache oder Terror? PEGASUS recherchiert...

Totes Kreuz
6. Band der PEGASUS-Serie ISBN 3-89425-070-4
Panik in Datteln: Zwei Altenpflegerinnen werden ermordet, Zivi Kalle Mager ruft PEGASUS zu Hilfe, und ein unausstehlich herrschsüchtiger Senior macht dem Personal das Leben schwer.

Straßenfest
7. Band der PEGASUS-Serie ISBN 3-89425-213-8
Punker-Happening beim Weinfest und Straßenfest in einer spießigen Reihenhaussiedlung - es gibt Tote, PEGASUS filmt und Lohkamp ermittelt.